KB173438

당신은 반드시
잘될 겁니다

당신은 반드시
잘될 겁니다

최대호

mindset

당신은 반드시 잘될 겁니다.
세상에서 가장 귀한 당신에게
제가 가장 하고 싶은 말입니다.

살다 보면, 마음이 답답할 때도 있을 것이고,
감당할 수 없는 벅찬 어려움이 당신을 찾아와,
당신을 힘들게 할 때도 있을 거예요.
그러나, 설령 그렇다 하더라도
절대 당신의 선택을 의심하지 않았으면 좋겠습니다.

기억될 만한 무언가를 이뤄 내는 데에는
충분한 시간이 필요하기 때문입니다.

언뜻 봐서는 제자리걸음을 걷는 것 같아도,

그 안에서 조금씩 앞으로 나아가고, 발전하며

당신도 모르는 새 그토록 원했던 무언가에 닿을 거예요.

그러니, 반드시 스스로에게 말해주세요.

당신은 반드시 잘될 겁니다.

나는 당신을 응원할게요.

당신도 당신을 응원해 줘요.

03

**당신의 마음에
한순간 와닿을**

04

**무엇보다
밝게 빛날 선물**

01

혼자만의 시간을 가득 채우고

지금의 너

완벽하지 않아도 돼.

내가 너를 좋아하는 건
말을 예쁘게 할 줄 알고
배려하는 마음을 가졌으며
나와 아름다운 추억을 함께 공유했기 때문이지,
네가 완벽해서가 아니잖아.

나는
지금의 네 모습이 너무 좋아.

나 자체로

우리는 다양한 성격의 모임 속에서 살아가고 있어요. 모임마다 구성원이 다르고 모이게 된 동기나 연령대, 목적이 다르기 때문에 과연 이 안에서 어떻게 색을 맞춰가야 할까라는 고민이 많은 사람도 있어요.

이때 어디서든 가장 잘 지내는 방법은 '나'로 있는 거예요. 말을 줄여야 할 때도, 더 많은 이야기를 해야 할 때도 있지만, 결국 내가 가장 편한 모습을 유지하면 좋겠어요.

어디서는 하고 싶은 말을 줄여야 하고 또 어디서는 기분은 그렇지 않은데 즐거운 척해야 한다면 내가 불행해져요. 내 마음이 불편해져요. 어느 정도 나를 내려놓기도 하고 더 노력해야 하는 것도 구성원으로서의 중요한 역할이에요. 그러나 절대 잊지 말아야 할 것은 온전한 나로 있는 것이 그 모임에 가장 잘 어울리는 길이라는 거예요.

　그러니 당신은 당신대로 있어줘요.

　가장 편한 표정과 마음으로 그 시간을 같이 보내는 것이 다양한 모임이 오래도록 유지 될 수 있는 가장 좋은 방법이에요.

　당신이 가장 당신다울 때 진심이 통할 것이고, 또 그 진심 덕분에 주변 모두가 행복해질 거예요.

속지 말아요

너무 지치는 날들 때문에
나 스스로가 하찮게 느껴지는 순간이 있을 거예요.
대단한 일을 하지 못했다는 생각이 끊임없이 들고
자꾸만 스스로가 보잘것없이 느껴지는 감정이 들 때가 있어요.

하지만 당신이 없으면
엄마는 바늘에 실을 끼울 수 없고
아빠는 어깨를 주물러줄 사람이 없고
할머니는 리모컨을 찾을 수 없을 거예요.

순간의 감정에 속지 마세요.
당신은 소중하고 대단해요.
당신은 사람들을 행복하게 해요.
당신은 당신이 생각하는 것보다 많은 일을 해냈고
주변 사람들에게 당신은 간절히 필요한 존재니까요.

어디서든 가장 잘 지내는 방법은

'나'로 있는 거예요.

길

쉬운 길은 흔하지 않다. 웬일로 쉽게 풀린다고 좋아하다가도, 만족할 만한 결과나 기분을 얻지 못하는 경우가 있다. 어려운 길로 가야만 행복해진다는 말을 하는 게 아니다. 과정이 어렵다고 해서 당신의 선택이 틀렸다고 생각하지는 말자는 이야기다. 요즘엔 나도 어려운 게 많고 이게 맞나 싶은 생각도 있지만 끝까지 가보려고 한다. 길 중간에서 멈춰버리면 숫자를 맞춰보지 않은 복권처럼 찝찝하니까 말이다. 숫자를 맞춰 봤을 때 꽝이 나온 복권은 하나의 아쉬움도 없이 버릴 수 있다. 그리고 다시 시작하면 되니까 오히려 그쪽이 편하다. 가보자. 각자 방향은 달라도 우리 힘내서 가보자. 어려움에도 한 발을 내딛는 노력은 무조건 옳다. 옳은 시간이 쌓이면 자연스레 원하는 삶에 닿게 돼 있다.

딱 한 번 더

살면서

울고 싶은 순간이 10번 온다면

11번 좋은 사람을 만나고

포기하고 싶은 순간이 100번 온다면

101번 좋은 글을 읽고

스스로가 싫어지는 순간이 1,000번 온다면

1,001번 좋은 말을 들으며

나는 행복하게 지금처럼 살아갈 거야.

내 길

흔들리지 않으려고
너무 노력하지 마세요.

대신 그럴 땐
천천히 하나씩 생각하려고 노력해 주세요.

흔들리지 않는 삶은 없습니다.
다잡고 나를 또 다잡고
내 길에 집중하는 삶만 있을 뿐이지.

재평가

당신은
당신을
재평가해야 한다.

우리는 자신을
이렇게 말하는 경우가 많다.

그냥 학생이에요.
그냥 직장인이에요.
그냥 주부예요.

자신의 자리에서
매일을 성실하게 보내는 당신이기에

'그냥'이라는 말은 빼고

조금 더 당당했으면 좋겠다.

꼭 많은 것을 해내야만
꼭 대단한 생각이 있어야만
당당함이 생기는 건 아니다.

당신은 어려움 속에서도
책임감을 잃지 않고, 포기하고 싶을 때마다
한 번 더 힘을 냈으며,

항상 맡은 바를 다 해내는
대단하고 멋진 사람이니까.

기회를 잡는 시간

기회는 깨어있는 사람에게 온다. 쇼핑으로 예를 들면, 어떤 한정판 물건을 24시간 중 무작위 시간에 판매한다고 가정해보자. 만약 오후 3시에 시작됐다면 그 시간에 구매할 수 있는 여유가 있는 사람이 구매에 성공할 것이고, 새벽 3시에 시작되는 경우에는 그때 깨어있는 사람만이 구매를 할 수 있게 된다. 만약 그 시간에 다른 일을 하고 있거나, 자고 있다면 그 기회는 사라지게 된다.

기회를 놓치는 사람은 3가지 유형이다.

1. 일찍 잠들었거나 하루 종일 바빴던 사람

2. 판매하는 것을 확인했지만 살까 말까 고민하다 놓친 사람

3. 한정판 물건 판매를 하는지조차 모르는 사람

1의 경우는 선택의 여유가 없어서 기회를 놓치는 경우이다. 대학생 시절 나의 가장 큰 목표는 교환 학생이나, 해외로 갈 수

있는 다양한 프로그램에 참여하여 외국으로 나가보는 것이었다. 그러나 그런 프로그램이 내가 2학년 때 생겼고, 그 시기 군 입대를 앞두고 있던 나는 그 목표 자체에 닿지도 못하게 됐다. 만약 그 시기에 군 입대나 다른 개인적인 상황에 놓이지 않았더라면 목표를 이뤘을 수도 있는데, 그러지 못한 게 많이 아쉬웠다. 그렇게 제대 후 다시 그런 프로그램을 기대했지만 찾아볼 수가 없었다. 도저히 기회가 닿지 않아서 개인적으로 휴학 후 호주에 학생비자로 가서 외국을 경험했다. 물론 호주에서 즐겁게 공부하고 여행하며 지냈지만, 기회라는 것은 한번 지나가면 쉽게 오지 않는다는 것을 뼈저리게 느꼈다.

2의 경우는 같이 식품공학과를 다녔던 동기의 경험이다. 졸업을 얼마 앞두고 친했던 동기에게 교수님이 한 가지 제안을 하셨다. 연구실 계약직 자리가 났는데 꽤 많은 것을 배울 수 있고 그 친구가 원했던 진로로 나아갈 수 있는 연구를 하는 곳이었다. 너무 좋은 제안이었지만 문제가 하나 있었다. 친구는 서울에 사는데 그 회사는 세종에 있었던 것이다. 친구는 계속 고민을 하다 결국 포기했다. 지금은 적성에 맞는 일을 하며 잘 지내고 있지만, 전공과는 정반대의 일을 하고 있다. 만약 친구가 그때 그 선택을 했다면 많은 것이 바뀌었을 것이다. 이런 경험을 통해 선택을 빨리해야 하는 일일수록 나에게 중요하며, 그 선택이 많은 것을 변화시킨다는 것을 몸소 깨닫게 됐다.

그리고 마지막 3의 경우는 이 중 가장 좋지 않은 경우다. 1은 당사자가 선택을 할 수 없었던 상황에 놓여 잃어버린 기회이고, 2는 결과가 어떻든 고민하다가 기회가 사라진 것인데, 3은 둘 다 포함되지 않는다. 아예 인지하지도 못하고 지나간 기회인 것이다. 마음속에 '한번 해볼까?'라는 생각이 들어도 무시했거나 그 사람의 장점을 알아보고 누군가가 제안한 것에 대해 A와 B 중 선택이 아니라, 선택권조차 박탈당한 경우라고 볼 수 있다.

살면서 많은 기회가 온다고 한다. 그러나 기회가 기회인지 알아보는 눈이 있어야 그걸 알아챌 수 있다. 그 눈을 키우는 방법 첫 번째는 자신의 삶을 하나의 길로만 보지 않고 넓은 운동장이라고 생각하는 것이다. 단순히 앞으로만 가는 게 아니라 언제든 옆으로도, 대각선으로도 갈 수 있다고 생각해야 많은 기회 속에서 자신의 방향을 잡아나갈 수 있다. 대단한 기회가 와도 '나는 안 돼. 내가 갑자기 이걸?'이라는 생각이 들어버리면 그건 기회로 보이는 게 아니라 뜬구름 잡는 소리 밖에 안 된다.

그런 마음이 한번 들어버리면 더 행복하고 다양한 삶을 만들어 가는데 아주 큰 장애물이 되어버린다. 그 장애물은 시간이 가면 갈수록 뿌리 깊게 박혀서 나중에는 철거할 수도 없게 자리 잡는다.

　두 번째 방법은 다양한 경험을 하는 것이다. 혼자 생각하는 것보다 책을 읽는 것이 좋고, 책을 읽는 것보다는 경험이 좋다고 한다. 사람은 아무리 설명을 해줘도 자신의 마음에 들어오지 않으면 인정 자체를 하지 않는다. 하지만 다양함을 틀림이 아니라 다름으로 받아들이는 마음은, 경험이 많은 사람만이 가진 특권이다. 꼭 나의 전공과 직업에 관련이 없더라도 많이 보고, 배우며 여러 곳을 다니다 보면 다양한 사람들을 만나고, 다양한 가치관에 대해 나누게 된다. 그 과정에서 또 전혀 알지 못했던 세상의 이야기도 듣게 된다. 그런 이야기를 많이 들으면 들을수록 '이럴 수도 있구나, 그런 삶도 있구나.'라는 생각을 하게 된다. 새로운 이야기를 들을 때 더 이상 그것이 낯설지 않고 흥미롭게 들리는 반열에 올라서면, 새로운 것을 쉽게 받아들이고 폭넓게 생각할 수 있는 능력을 얻게 된다. 그렇게 다른 의견을 대할 줄 알면 기회가 왔을 때 그것이 기회인지 알아볼 수 있게 되고, 본인이 원하는 방식으로 원하는 인생을 만들어 가는 사람이 된다. 당신이 어떤 사람이든 괜찮다. "난 여기까지 이렇게 왔으니, 앞으로 이렇게만 가야 해."라는 생각만 하지 않았으면 한다. 그리고 꼭 멀리 가지 않고 대단한 것을 배우지 않아도 되니 지금까지 경험해 보지 못했던 분야의 것을 접해보고 그런 사람들을 만나보기를 바란다. 그래야 눈을 똑바로 뜨고 빠르게 지나가는 행운들을 잡을 수 있을 테니 말이다. '기회'라는 단어는 이런 속뜻을 담고 있다.

'조용히 움직이며, 흔하지 않음.'

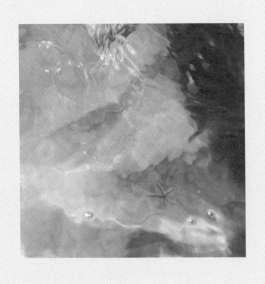

살면서 많은 기회가 온다고 한다.

그러나 기회가 기회인지 알아보는 눈이 있어야

그걸 알아챌 수 있다.

마카롱

행복은 크게 주관적이어서
어떤 사람은 작은 것에 행복해하지만
또 어떤 사람은 그냥 덤덤하게 있기도 하죠.

억지로 행복해하라고 말할 수는 없어요.
그렇지만 행복해지지 못하는 이유가
기준점이 너무 높아서라면 아쉬운 것 같아요.
필요 이상으로 큰 그릇을 채워야지만
행복이 생기는 게 아닌데 말이에요.

대단하다고 여길 만한 것들만이
사람을 행복하게 만드는 게 아니에요.
매일 반복되는 일에서도 기쁨을 느끼고,
또 아주 소소한 일에도 웃을 수 있다면
그것들도 여러분만의 소중한 행복이에요.

그러니 '오늘 되게 괜찮은 하루였어.'라고
스스로에게 되뇌어보세요.

큰 욕조를 가득 채워야만 행복이라고 생각하지 마세요.
소소한 기쁨도 행복이라고 여겨주세요.

행복 그릇의 크기를 줄이는 연습을 해보세요.
한 입에 쏙 들어갈 마카롱이 하나 담길 정도면
딱 좋지 않을까요?

주말

피곤하다고 주말에 집에만 있다면

우리 몸은 피로가 풀리는 게 아니라

체력을 더 사용하지 않는 수준에서

겨우 컨디션을 유지하는 정도에 그칠 거예요.

이때 가벼운 운동을 해보세요. 체력은 썼지만,

몸에서 피가 도는 느낌과

마음의 에너지가 채워지는 경험을 할 수 있어요.

잠시 생각을 비우고 싶어서

여행을 가고 싶지만 준비할 것이 많아서 미루고 있거나

다 귀찮고 번거로워 집에 있는 게 편하다는 생각에,

무기력의 늪에 스스로를 밀어 넣지 않으셨으면 좋겠습니다.

갑자기 부산 가는 기차표를 끊고

읽고 싶었던 책과 함께 떠난다든지,

카페에 가서 친구와 수다를 떨고,

다음 계절을 위해서 신발을 사는 일은 어떤가요?

나에게 많이 잘해주세요.

나에게 좋은 일을 많이 만들어주세요.

소소한 행동으로 일주일을 살게 할 힘을 주세요.

다음 주도 만만치 않을 거예요.

하지만 주말을 잘 보낸다면 힘든 과정에서도

훨씬 더 가치 있는 행복을 느낄 수 있을 거예요.

믿어도 돼요.

실패로 배우는 것

최근 강연 취소가 있었다. 이유는 단순했다. 모객 인원 부족이었다. 거의 이런 적이 없었는데 꽤나 충격이었다. 하지만 슬퍼하기보다 문제점을 찾아야 했다. 강연이 한 번 취소됐다고 내가 망하는 것도 아니고, 흠 잡힐 일도 아니었기 때문에 이런 문제가 반복되지 않게 원인을 찾고 고치는 태도가 필요했다. 생각을 해보니 약간의 매너리즘에 빠진 나를 발견했다. 매달 강연을 하다 보니 전과 비교했을 때 조금은 기계적으로 하지 않았나라는 반성을 하게 됐다. 이런 생각을 하고 난 뒤 그다음 강연은 초심으로 돌아가서 아주 잘 마칠 수 있게 되었다.

과거의 나였다면 모객이 안 되는 그 상황에만 빠져, 나를 탓하며 우울한 시간을 보냈을 것이다. 그런데 이제는 그렇게 행동하지 않으려고 한다. 살다 보면 누구나 어쩔 수 없이 실패를 마주할 수밖에 없다. 그때 그 실패는 배움의 기회이자 새로운 시작이 되어 준다. 실패하지 않았다면 느끼지 못했을 부분들이 많다. 매 순간, 매번 성공하는 사람은 절대로 없다. 크고 작은 어려움을 통해 볼 수 없었던 부분들을 만나고 그제야 깨닫고 수정해나가는 것이 완벽에 가까운 당신을 만들 수 있다고 생각한다. 명심하자. 실패가 없으면 정말 좋겠지만, 그것으로 인해 배우는 것은 더 많다.

누군가는 '실패'만을 바라보고
누군가는 '실패로 인해 배울 것'을 생각한다.

'오늘 되게 괜찮은 하루였어.'라고

<u>스스로에게 되뇌어보세요.</u>

표현 가득

소중한 것을 지키는 데 있어서
마음을 표현해야 하는 상황에서
절대 망설이지 마세요.

인생에 망설여야 할 일들은
이것 말고도 너무나 많습니다.

내가 알아

넌 약한 사람이 아니야.

지쳐서 그래.

힘들어서 그래.

커다란 벽에 부딪혀서 그래.

여유가 없어서 그래.

잘 되려고 그래.

시간이 필요해서 그래.

처음이라 그래.

나아지고 있는 중이야.

괜찮아지고 있는 중이야.

견뎌내고 있는 중이야.

이겨내는 중이야.

점점 좋아지고 있는 중이야.

성장하는 중이야.

너의 시간이 오는 중이야.

진짜 못하겠으면 잠시 쉬어 봐.

바람을 쐬고, 산책을 하며 조금 걷고

너 진짜 잘될 거야.

내가 알아.

놀자

이런 댓글을 봤다. '아무리 바빠도 너랑 계속 놀 거야.'

되게 가볍고 애교 섞인 말인데, 그 댓글 안에 얼마나 상대방을 많이 생각하는지가 보이는 것 같아 괜히 울컥했다. 언제일지 모르는 미래의 모습에도, 너와 내가 지금처럼 있는 것. 어른이 되어가면서 좋아하는 걸 하나씩 포기하며 치열하게 살면서도, 상대방이 꼭 옆에 있어줬으면 좋겠다고 생각하는 예쁜 마음이 느껴져서 더 애틋했나 보다. 이처럼 직접적인 표현보다더 따뜻한 말들이 세상엔 참 많다. 아무리 멋지게 꾸며도 자연스러움이 주는 멋을 따라가지 못하는 것처럼 말이다. 마음이 담긴 댓글 하나에, 나랑 놀고 싶어 하는 사람이 있다는 건 최고의 선물이라는 답이 나왔다. 그런 사람이 많다는 건 당신이 잘 살아왔다는 뜻이기도 하다.

성장하는 중이야.

너의 시간이 오는 중이야.

더 나은 삶을 위한 5가지 자세

1. 무례한 부탁은 단호하게 거절하기.

당신이 아끼는 사람이라면 그리고 당신이 그 사람에게 도움을 많이 받았다면 과한 부탁은 한두 번 들어줄 수도 있다. 그렇지만 그게 아닌 상황이라면 상대방의 무례한 부탁은 들어줄 이유가 없다. 만약 상대의 '거절'이 두려워서 그런 부탁을 수락했다면, 그 과정에서 오는 모든 스트레스와 후회는 당신 몫이 된다. 애초에 내가 들어줄 이유와 여력이 안 되는 부탁은 단호하게 거절하자.

2. 목표가 있다면 과감히 시작하기.

하고 싶은 게 생겼거나 해야만 하는 목표가 생겼다면 우선 시작하자. 너무 많은 생각은 오히려 장애물이 된다. 이때 가장 중요한 것은 목표와 결과에 집착하지 않는 태도다. 당신이 원하는 것이 있다면 처음부터 결과에 초점을 맞추지 않았으면 한다. 해낼 수 없다고 생각해서 시작조차 못 한다면 남는 건 후회밖에 없다. 시작하기 위해 가장 중요한 건 '과감함'이다. 목표를 이루기 위해서 쓰이는 시간과 비용을 생각하면 생각할수록 시작은 더뎌질 뿐이다. 아무리 준비를 완벽히 한다고 해도 처음에는 예상도 못 했던 많은 변수들이 진행 과정에서 발생될 수밖에 없다. 그 변수를 모두 생각하고 시작하는 것은 불가능하다. 두려움 때문에 진정으로 이루고 싶었던 목표를 시작조차 하지 못한다는 건 너무 아쉬운 일이다.

3. 도움을 받았다면 고마움을 표시하고, 내 상황에 맞는 보답하기.

내가 누군가에게 도움을 받았다면, 어떤 식으로든 그 사람에게 보답해야 한다는 가치관을 갖고 있으면 좋다. 이때 이 보답을 굉장히 큰 물질적인 것으로 생각하지 않아도 된다. 그저 감사함을 담은 전화 한 통이나 각자의 상황에 맞는 소소한 기프티콘도 상관없다. 그냥 주는 사이는 세상에 없다. 보답을 바라지 않고 도움을 준 사람에게 당신이 진심을 담은 표현을 한다면 앞으로 당신에게는 더 큰 도움과 기회가 생길 것이고, 꼭 그런 것이 오고 가지 않더라도 관계의 *끈끈함*을 만드는 계기가 된다.

4. 건강과 기분관리를 위한 꾸준한 운동.

몸이 아프고 피곤할수록 움직이는 게 도움이 된다. 딱 30분만 시간을 내서 빠른 걸음으로 걷기만 해도 좋다. 운동을 한다는 것은, 익숙한 공간에서 벗어나는 것을 의미한다. 또한 운동은 잡생각이나 스트레스를 사라지게 만들어준다. 그뿐만 아니라 운동은 신체를 건강하게 만들어주며, 만나는 상대방에게 자기관리를 잘 하는 사람이라는 좋은 인상도 남겨준다. 이처럼 운동을 통해 생각을 한번 비우게 되면 그동안 고민했던 걱정이나 괜한 불안함은 씻은 듯이 사라진다.

5. 부정적인 사람은 멀리하고 긍정적인 사람과 함께하기.

부정적인 마음은 옮겨붙기가 참 쉽다. 그렇기에 부정적인 사람에게 당신의 얘기를 너무 많이 하지 않는 게 좋다. 만약 내가 새로 세운 목표나, 목표를 이루기 위해 하고 있는 노력을 말한다면, 과거 본인의 짧은 경험에 빗대어 안 될 가능성만 다루며 부정적인 씨앗을 심기도 한다. '그거 내가 해봤는데 힘들걸?' '그거 별로일 텐데…' 굳이 그리지 않아도 될 그림들을 계속해서 그리게 되면 자신감은 사라지고 불안감은 증폭될 수밖에 없다. 이처럼 내 정신 건강을 위해서는 최대한 부정적인 사람을 피하고, 그들과 거리를 둬야 한다.

너 같이 괜찮은

네가 인간관계로 힘들어할 때,
너는 너에게서 원인을 찾으려고만 하지.

근데 나 같은 보통 사람과
너무도 잘 맞는 네가 무슨 문제가 있겠어.

우리 모두가 널 좋아해.
그리고 넌 주변에 좋은 사람이 많잖아.

너같이 괜찮은 사람과
안 맞는 그 사람이 문제인 거지.
그 사람만 아쉬운 거지 뭐.

어려운 이유

일에 문제가 생기면

어떻게 수습하고

해결할 것인지에 대해서만 생각하면 되지만,

사람과 문제가 생기면

앞으로 어떻게 그 사람을 봐야 할지

어떤 표정을 지어야 할지

어떻게 말해야 할지

어떤 식으로 대해야 할지

어떻게 풀어야 할지 같은

우리의 하루 전체가 흔들리는

고민들이 한꺼번에 오기 때문에

그래서 인간관계가 힘든 거야.

원래 어려운 일이야.

누구나 자주 헤매는 일이야.

네가 못하는 게 아니란 말이야.

두려움 때문에

진정으로 이루고 싶었던 목표를

시작조차 하지 못한다는 건

너무 아쉬운 일이다.

포기 아니고 시작

너의 모든 것을 쏟았거나
네가 많이 사랑했거나
그게 너에게 어떤 의미였든 간에
포기하는 건 부끄러운 게 아니야.

컵에 가득 찬 물을 비워내야
깨끗한 물로 다시 채울 수 있듯

손에 가득 쥔 것을 놓아야
다른 것을 집을 수 있듯

지금의 포기가 있어야
새로운 도전이 있는 거야.

그런데 우리가 여기서

아예 멈추는 게 아니라면
'포기'라고 표현하지 말자.

새로운 도전을 하기 위한
'멈춤'이라고 표현했으면 해.

앞으로 더 행복하기 위해서
앞으로 더 빛나기 위해서
앞으로 더 후회하지 않기 위해서

과감하게 멈추고
도전을 시작하는 거니까
절대 도망쳤다고 생각하지 말자.

익숙한 것을 떠나서

새로운 것을 한다는 것은

용기 있는 사람만 할 수 있거든.

명심해.

넌 누구보다 용감한 사람이야.

평범한데 대단한 사람들

1. 식사 후 바로 설거지하는 사람.

부모님과 수십 년을 함께 살다가 혼자 살아 본 경험이 있는 나는 설거지가 얼마나 귀찮은 일인지 잘 안다. 그냥 설거지도 어려운 일인데 식사 후 바로 설거지를 한다는 것은 보통보다 몇 배 이상 어렵다. 사람은 먹고 나면 앉고 싶고 앉으면 눕고 싶어 한다. 누구나 그렇다. 그런데 끝까지 미루고 싶은 일을, 바로 한다는 것은 웬만한 의지로는 쉽지 않다. 여행을 다녀와서 바로 짐을 정리하는 것도 이와 같다. 며칠 동안 비운 집에 오면 식물 관리뿐만 아니라 청소를 포함한 갖가지 할 일이 많다. 또한 오랜 여독으로 쉬고 싶은 마음이 무엇보다 크다. 이럴 때는 짐을 아무렇게나 내팽개치고 소파에 눕고 싶은 마음이 가장 크지만, 바로 캐리어를 열고 쓰레기를 버리거나 세탁할 것을 분류하고 먼저 정리부터 하는 사람은 대단한 사람들이다.

주변 사람들과 이런 이야기를 나누다 보면 어느 정도 성격이 보인다. 일을 할 때도 바로 일을 시작하지 못하고 1차원적인 즐거움을 주는 인터넷 서핑을 하거나, 유튜브를 먼저 보고 싶은 사람이 대부분이다. 하지만 이건 의지의 차이다. 30분 먼저 놀고 나중에 일해도 어떻게든 다 하긴 할 수 있다. 그리고 이런 자세와 책임감은 다른 결과를 만들게 된다. 우선순위를 그렇게 중요하게 생각하지 않는 사람들은 5시간이 주어지든 3일이 주어지든 자신의 욕구부터 먼저 채운 뒤, 남은 시간으로 할 일을 시작한다. 하지만 이런 태도는 나중에 정말 중요한 일이 주어졌을 때 완성도를 현저하게 떨어뜨린다. 그러니 마음이 내키지 않더라도 하기 싫은 일부터 어떻게든 먼저 하자. 그런 사소한 태도가 당신을 훨씬 더 큰 사람으로 만들어줄 것이다.

2. 세일한다고 혹하지 않는 사람.

독자님들과 함께하는 미국 여행을 하며 여행 처음부터 본인은 물욕이 없다고 말하던 분이 있었다. 워낙 긴 이동이 있었고 눈으로 담기도 바빴던 여행이라 그분은 정말로 어떤 것을 구매하거나 혹하는 모습을 보여주지 않았다. 하지만, 여행 막바지에 아웃렛 일정이 있었다. 아웃렛에 있는 상품들은 정가보다 훨씬 저렴했고, 그분은 아웃렛에서 많은 상품을 구매하는 의외의 행동을 보여준 기억이 있다. 이처럼 물욕과 상관없이 세일은 우리를 많이 흔들리게 한다. 나도 그런 편이다. 세일 정보를 상세히 정리해서 보여주는 사이트를 자주 방문하다 보면 나도 모르게 물품을 구매하고 있는 경우가 있다. 이처럼 세일이라는 건 참 무섭다. 인터넷에 떠도는 말로 '구매하지 않으면 100% 세일'이라는 재미있는 표현도 있듯이 세일의 유혹을 이기기는 참 어렵다.

이런데도 엄청난 세일에 유혹당하지 않고 자신의 구매 계획에 집중하는 단단한 사람들이 가끔 보인다. 그 사람들의 이야기를 들어보면 전부터 세워둔 계획이 망쳐지는 게 싫어서 최대한 그런 것에 흔들리지 않는다고 말한다. 나조차도 세일 물품을 보면 '이건 나에게 갑자기 필요해진 거야'라며 자기합리화를 시작하는데 그렇게 흔들리지 않는 사람들을 보면 참 대단하다고 생각된다.

단순히 세일 이야기를 하려고 이런 사례를 다룬 게 아니다. 평범하지만 대단한 사람들이라는 주제에 이 이야기를 넣은 이유는, 생각을 깊게 하는 사람들에 대해 다루고 싶었기 때문이다. 세상에는 자극적인 표현과 맛으로 우리는 굴복하게 만드는 것들이 참 많다. 세일도 그렇고, 끈기를 잃게 하는 요인들도 그렇고 또 순간적인 감정에 휘둘려 잘못된 선택을 하게 되는 경우도 많다. 이럴 때 급하게 올라오는 감정에 속지 않고 차분하게 생각을 여러 번 한다면 후회할 일을 만들지 않아도 된다. 인생은 선택의 연속이라고 한다. 그렇게 어려워 보이는 말은 아니라고 보이지만, 정확한 선택 이면에는 우리는 속이려는 수

많은 오답이 숨어있다. 그 오답을 걸러내는 가장 좋은 방법은 무엇보다 나의 중심이 흔들리지 않게 지켜내는 것, 그리고 무언가에 혹해서 급하게 선택하지 않는 것이다.

3. 평판에 휘둘리지 않는 사람.

주변에서 자신의 안 좋은 이야기가 도는 것을 좋아하는 사람은 아무도 없다. 말이라는 건 참 무섭다. 어떤 이야기를 두 명만 거쳐도 아예 다른 이야기가 되어버린다. 그런 의도가 아니었는데 말이 와전되며 오해를 사게 되면, 그 오해의 중심에 있는 당사자는 아주 큰 스트레스를 받을 수밖에 없다. 나도 사회생활에서나 친구들 사이에서 그런 적이 몇 번 있었는데, 그런 일 이후에 전처럼 행동하고 말하는 데 있어서 크게 위축된 경험이 있다. 그 당시 큰 힘듦을 견뎌내지 못해서 주변 평판에 휘둘리지 않는 선배에게 조언을 얻은 적이 있는데 그 선배는 나에게 이렇게 말했다.

"나는 우선 다른 사람들에게 미움을 받지 않도록 똑바로 행동하려고 노력해. 물론 나의 기준이지만 내 마음에 거리낌이 없으면 그걸로 돼. 이때 가장 중요한 건 나 자신을 속이지 않는 거야. 그래야 헷갈리지 않거든. 만약 내가 그렇게 당당하게 행동했는데도 불구하고 뒤에서 내 이야기가 나온다면 나는 그런 말 따위에 흔들리지 않아. 내가 무엇보다 스스로에게 떳떳하게, 제대로 행동했으니까."

이때 선배가 해준 이 짧은 말은 나에게 너무도 큰 울림을 주었고, 이때부터 나의 기준과 중심을 잡아나갈 수 있게 됐다. 나는 주변에 이런 사람이 있었기에 흔들리는 멘탈을 잡고, 스스로의 길을 걷기 위해 노력할 수 있었지만, 모두가 그럴 거라고 생각하지는 않는다. 만약 이런 기회가 없었음에도 불구하고, 뒤에서 들려오는 말을 한 귀로 흘릴 줄 알고, 스스로에 대한 근거 없는 뜬소문에 하루의 기분이 흔들리지 않으며 자신의 길을 묵묵히 가는 사람들이 있다면 진심으로 박수를 보내고 싶다.

    지금까지 타인의 말에 끊임없이 흔들려 왔다면, 이제는 좀 더 스스로를 위한 삶을 살았으면 좋겠다. 내가 떳떳하게 행동했다면, 근거 없는 뜬소문에 휘둘릴 필요가 전혀 없다.

02

힘들고 지친 가슴을 위로해줄

갑자기

외로움은

밥을 혼자 먹을 때

조용한 버스를 타고 갈 때

양치질을 할 때

자려고 누웠을 때

이렇게 아주 일상적인 일에

너무나 조용히 묻어오기에

더 아픈 것 같아.

너의 삶에

세상에 당연한 건 없다는 것을
빨리 깨우치게 되면
감사함을 알게 되고

감사하는 것이 습관이 되면
삶에 행복이 가득 차게 된다.

아무리 사소한 기쁨도
그냥 지나치지 않는 자세와

주변에 아끼는 사람들이
당연히 내 곁에 있는 것이 아님을 알고

당신이 먼저,
지금보다 조금씩 마음을 표현하고

진심이 담긴 감사를 전한다면

살면서 받은 사랑보다
더 큰 사랑을 매일 받게 될 테니까.

10일 챌린지

'내가 바뀌면 세상이 바뀐다.' 나의 가치관을 담은 말이며 내가 아주 좋아하는 문장이다.

최근 대학생 독자님과 이야기할 기회가 있었다. 갈피를 잡지 못하고 있는 것이 나의 대학 시절과 같았다. 해야 할 것도 많고 해야 한다는 것도 잘 아는데 시작이 어렵다는 거였다. 많은 이야기를 나눴는데, 그 친구가 가장 답답해하는 부분은 바로 '시작과 행동'에 대한 것이었다. 그래서 같이 10일 챌린지를 해보기로 했다. 그 친구는 하루에 전공 공부 두 시간과 영어 공부 두 시간을 하고 나는 매일 1개 이상의 글을 쓰고 새로 등록한 헬스장을 매일 가기로 했다. 단 10일뿐이라 어렵지 않았고 재미도 있었다. 챌린지 4일째에 주말 강연이 하나 있었다. 나는 원래 강연하는 날은 조금 예민해서 강연 준비 외에는 아무것도 안 하는데, 그 챌린지를 해내기 위해 아침에 운동을 다녀왔다. 그런데 막상 운동을 하고 오니 오히려 잡생각이 사라지고 몸이 가벼워졌으며 강연도 잘 마치게 되었다. 나처럼 대학생 친구도 매일매일 할 일을 다 해냈다. 본인이 가장 힘들었던 것이 '해야 하는데..'라는 생각만 가득 차 있는데 어디부터 시작해야 할지 몰라서 고민하다가 시간은 가버리고, 결국 아무것도 하지 않고 하루가 지나간 상황이라고 했다. 그러나 챌린지를 통해 일단 당장 급한 것부터 시작을 했고, 하다 보니 자연스레 정리가 됐으며 나중에는 전공 두 시간, 영어 두 시간이 너무 짧아서 조금 더 하는 모습에 스스로가 아주 큰 뿌듯함을 느꼈다고 했다. 10일 챌린지를 마치며 매일을 이렇게 꾸준히 하기는 힘들겠지만, 앞으로도 일정이 있으면 있는 대로, 놀 때가 되면 놀기도 하면서 자신을 위한 노력을 해 나가기로 했다.

나의 변화를 위한 새로운 마음가짐과 행동은 단순히 무언가를 해내고, 그 해낸 것에 대한 가치만을 보상받는 게 아니다. 챌린지를 해냄과 동시에 '나도 할 수 있구나.'라는 자신감을 얻게 되며 그 자신감은 숨어있던 잠재력을 찾게 만든다. 만약 머 릿속은 복잡한데 행동으로 잘 옮겨지지 않는 상황이라면 첫 시 작으로 10일 챌린지를 도전해 보면 좋겠다. 10일이 지나면 스 스로에 대한 확신을 가질 수 있을 것이고, 당신이 가야 할 길이 뚜렷이 보일 것이니 그 길만 따라서 가면 된다.

감사하는 것이 습관이 되면

삶에 행복이 가득 차게 된다.

너도 나에게

네가 힘들 때마다
내가 시간 내서
달려와 주고
위로해 준다고
미안해하지 않아도 돼.

내가 힘들어할 때
넌 나한테 더 잘 해줬었거든.

편

오늘 네가 힘들었다면
나는 잠들기 전까지 네 편을 들 거야.

너의 모든 이야기를 들어주고
널 힘들게 한 사람을 욕하고
너의 편에서만 생각할 거야.

오늘은 잘잘못 따질 거 없어.
내가 좋아하는 사람이 힘들었던 날이야.

오늘만큼은 더더욱
네 편에서 든든히 있어 줘야 해.
그게 내가 할 일이야.

넌 말이야

요즘 힘든 일이 있는 너에게 마음이 많이 쓰여. 너무 걱정하지 않았으면 좋겠는데 걱정이 될 만한 큰일이지. 그래도 차근히 준비하고 있으니까 지금보다 시간이 조금만 더 가면 지금처럼 걱정되고 힘들지는 않을 거야.

내가 대신해줄 수 없는 일이라, 내가 해줄 수 있는 건 옆에서 조용히 응원하는 것뿐이라 나도 참 답답해. 하지만 이렇게 표현해도 묵묵히 해나가는 널 보면 내심 뿌듯하고 이제는 정말 믿음이 가. 분명히 시간이 가면 갈수록 너는 더 확신을 얻게 될 거야. 너의 성실함과 간절함은 빛을 발할 수밖에 없거든. 그건 지금까지 우리 인생에서 본 적도 없는 정말 예쁘고 아름다운 빛일 거라는 생각을 해.

지금은 아끼고 있는 말이지만 네가 모든 걸 마치고 나서 마음에 드는 결과를 얻게 되면 꼭 해주고 싶은 말이 있어.

바로, '넌 해낼 줄 알았어.'라는 말이야. 넌 해낼 수 있는 사람
이야. 나는 너를 믿거든? 그러니 너도 너를 믿어야 해. 넌 잘 될
사람이거든.

일 잘하는 사람들의 3가지 특징

1. 우선순위를 정해서 차례대로 처리한다.

일이 밀려올 때는 정신이 어지러워진다. 시간 내에 처리할 수 있을까 하는 걱정도 들고 마음 자체가 버거워지기 때문이다. 하지만 일을 잘하는 사람들은 걱정에 빠지거나 우울해질 시간을 스스로에게 주지 않는다. 어떤 일을 가장 먼저 해야 할까만 생각한다.

매일 해야 할 일과 위에서 급하게 요청한 일, 그리고 타 부서와 함께 처리해야 할 일이 생기면 우선순위를 세우는 과정이 필요하다. 개인적으로 매일 하는 일은 이미 능숙하니 가장 뒤로 미루고 타 부서와 함께 해야 할 일은 데드라인이 조금 여유가 있으니 일단 위에서 급히 요청한 일에만 집중하면 되는 것이다. '오늘 일이 너무 많네. 짜증 나. 어떡해.'라는 마음이 당연히 들겠지만 그 마음은 지금 상황을 해결하는 데 도움이 되기는커녕 겨우 남아있는 에너지를 빼앗아가는 역할밖에 하지 못

한다. 누구나 예상치 못한 일이 주어지면 짜증이 날 수밖에 없다. 하지만 이런 상황에는 우선순위를 확실히 정해서 계획을 바꿔나가면 된다. 가장 좋은 것은 출근 직후에 오늘 해야 할 일의 리스트를 작성해놓는 것이다. 나도 메모나 리스트 작성은 전혀 하지 않는 편이었다. 그러나 강연 업체도 모두 다르고 일하는 곳도 연락이 제각각이라 어디에라도 적어놓지 않으면 큰실수가 일어날 수밖에 없었다. 그렇게 일정을 적어 놓는 것이 습관이 되었고, 이러한 습관 덕분에 나는 최근 몇 년간 일을 하며 단 한 번의 실수도 발생한 적이 없다.

2. 혼자 해결하기 어려운 것은 도움을 받는다.

모든 것을 혼자 해결한다고 해서 일을 잘하는 것은 아니다. 혼자 일한다면 '팀'이라는 말을 쓰지 않듯이, 팀이 있는 이유는 분산되어 있는 각자의 장점을 통합해 몇 배 이상의 능률을 끌어올리기 위함이다. 누군가에게 도움을 요청하지 않고 혼자 끙

끙대며 일을 하는 것도 어떻게 보면 개인 능력을 향상시키는 길이라 할 수 있겠으나, 이런 행동은 능률의 하락과 동시에 물리적인 시간도 잡아먹는다. 그러니 방법을 모르거나, 경험이 없는 사안 앞에서는 그 경험에 정통한 사람에게 도움을 청하는 것이 가장 빨리 문제를 해결할 수 있는 방법이다.

이 주제의 글을 써가며 은행에서 10년 가까이 일한 친구에게 '어려운 문제 앞에서 도움을 청하는 후배'에 대한 질문을 했다. 그 친구는 자신에게, 문제 해결에 대해 조언을 구하는 후배가 있다면, 비록 자신의 고민이 아니더라도 자신을 믿고 이야기해준 후배의 진심이 느껴져, 자신의 노하우를 모두 들려주고 전해주고 싶은 마음이 든다고 했다. 친구의 답을 듣고는 '일'에 관한 어려움 앞에서 도움을 구하는 것은 자존심이 상하거나 능력이 없다는 것으로 비치는 게 아니라, 상대방에게 솔직함을 드러냄으로써 호감을 사고 또 그 결과, 더 좋은 방향으로 관계를 맺을 수 있는 용기 있는 행동이라는 걸 알게 됐다.

  3. 공과 사를 구분한다.

  일을 한다는 것은 굉장한 에너지 소비를 하는 행위이다. 그리고 일을 하며 에너지를 소비한 뒤에는 '충전'이 가장 중요하다. 이때 일 잘하는 사람들은 공과 사, 즉 일하는 시간과 쉬는 시간을 정확하게 구별하여 서로 침범하는 것을 피한다. 일할 때는 개인적인 SNS 사용이나 인터넷 검색 등을 하지 않고 일에만 몰두한다. 그래야 나의 쉬는 시간을 보장받을 수 있다는 것을 알기 때문이다. 그렇게 열심히 일하고 퇴근 후에는 본인의 시간을 즐긴다. 이때는 운동을 하거나 취미 생활을 하거나 소파에 누워서 보고 싶은 것을 봐도 좋다. 제대로 처리하지 못한 일을 집에까지 가져와서, 일하는 시간도 아닌데 쉬지도 못하는 상황을 만들어서는 안 된다. 퇴근 후에나 주말에는 제대로 된 충전을 해야 에너지를 제대로 쓸 수 있다.

핸드폰 충전 콘센트를 제대로 꽂아 놓지 않아서 충전이 하나도 되지 않아, 난감했던 경험이 누구에게나 있을 것이다. 그 날은 외출하면서부터 어디에서 충전을 해야 할지만 생각하게 된다. 또한, 배터리가 거의 없어 누군가에게 연락을 제대로 할 수도 없게 된다. 그렇게 되면 시작부터 꼬이게 되며, 충전이 제대로 되지 않았다는 이유만으로 계획돼있던 해야 할 것을 못 하는 상황이 생기는 것이다. 어떻게든 겨우겨우 절반 정도 충전을 마치고서야 정상으로 돌아가긴 하지만, 이때 충전하는 시간은 이미 불필요한 시간이었고 또 다른 에너지 소비를 만들게 된다. 일을 하는 상황으로 빗대어 보면 물리적인 시간도 잃었으며, 생산을 위해 쓰여야 할 에너지마저 사라진 상황이라고 볼 수 있다. 그러니 이런 일들을 만들지 않기 위해, 일할 때 놀 생각을 하고 또 놀아야 할 때 일 생각을 하는 것은 그만둬야 한다. 더 잘해야겠다는 마음보다 효율적인 것이 일과 휴식의 구분이다. 일에 있어서는 누구보다 프로처럼, 또 쉼에 있어

서는 누구보다 푹 쉬자. 공과 사를 확실하게 구분하며 에너지

를 효율적으로 쓰는 삶은 당신에게 훨씬 더 큰 행복을 선물해

줄 것이다.

너도 너를 믿어야 해.

넌 잘될 사람이거든.

알아

자랑은 아니지만
나는 실패도 많이 해봤고
다 포기하고 싶기도 했고
부러움에 잠을 못 자기도 했고
모든 게 무너지는 듯한
날도 자주 보내봤어.

그래서
안 좋은 상황에 있는 네가
어떤 기분인지, 어떤 마음인지
또 어떤 말을 듣고 싶은지 잘 알아.

지금 힘든 너에게 이 말을 꼭 해주고 싶어.
누가 뭐래도 나는 언제까지나
너의 편에 서 있어 줄 거야.

한 번 실패했다고
실패한 인생이 아니고

몇 번 포기했다고
나약한 게 아니야.
지금 네가 힘들게 겪고 있는 그 과정이
나중에는 너를 분명히 빛나게 해줄 거야.

해봐도 돼

겁나면 하지 마.

어려우면 하지 마.

정말 하기 싫으면 하지 마.

어떻게 다 하겠어.

많이 넘어지고

틀리기도 하고

실수도 하는 게

보통의 삶이야.

너무 힘들면 그만해도 돼.

근데 정말 하고 싶은 일이라면

눈 딱 감고 최선을 다해서 해봐.

넌 강한 사람이라 반드시 해낼 거야.

다 좋은 사람

'그거 어때?'라는 질문을 했을 때 '난 다 좋아.'라는 대답을 하는 사람들은 보통 두 가지 부류로 나뉜다. 첫 번째는 정말 티 없이 맑은 사람이다. 그런 사람은 가정과 주변에서 많은 사랑을 받고 자랐으며, 큰 어려움 없이 인생을 살아왔기 때문에 타인의 모습을 있는 그대로 받아들이는 연습이 되어있다. 그리고 그들은 자신과 다른 사람을 틀림이 아니라 다름이라고 보고 인정할 줄 안다. 그렇기에 자신의 의견이나 가치관만 주장하는 게 아니라 전체적인 상황을 보고 그 안에 융화되는 것이 현명한 것을 알기에 '다 괜찮다'라는 대답을 하게 된다. 하지만 두 번째 부류는 조금 다르다.

두 번째는 이미 지쳐있는 사람이다. 그간의 과정에서 반박도 해보고 자신의 의견도 내봤지만 대부분 묵살당했던 경험이 많다. 그들이 무언가를 바꾸려고 했던 노력이 이제는 무의미하며, 이런 문제에 대해서 더는 에너지를 쓰고 싶지 않다 느낀다.

그래서 싫든 좋든 그냥 삼켜내려고 '다 좋아'라는 말을 하는 것이다.

답은 '다 좋아'로 같지만, 두 부류에는 큰 차이가 있다. 첫 번째의 사람은 정말 아닌 것에는 단호하게 아니라고 말할 수 있다. 받아들일 수 없는 정도의 무례나, 누군가의 심하다 싶은 과도한 주장에는 자연스럽게 반대 의견을 드러낸다. 하지만 두 번째의 사람은 그런 상황에서조차 자신의 목소리를 내지 못한다. 이미 지쳐버려서 그동안 '다 좋다'라며 넘겨버린 것이기에 객관적으로 지금 상황이 어떤 상황인지 구분을 할 수 없다. 정말 아닌 것이라 생각해 말을 하려다가도 '내가 또 내 의견만 내는 것 아닐까?', '관계에서 문제를 만드는 게 아닐까?'라고 스스로에 대한 과도한 자기검열을 하다, 결국 의견을 말하지 못하게 된다.

하지만 이런 경우에도 반드시 용기 내 자신의 의견을 상대방에게 말해야 한다. 그러지 않으면 마음이 영원히 닫혀 버린다. 오랫동안 나의 마음을 표현하지 않으면 가족이 아닌 이상 주변 사람들은 알아차리기가 어렵다. 나는 그저 상대방과 갈등을 야기하기 싫어서 좋다고 한 것을 주변에서는 정말 좋아서 좋다고 대답한 줄 알게 된다. 그리고 이런 상황은 계속해서 악순환을 만든다. 나는 나대로 억누름에 마음이 지쳐가게 되고, 반대로 상대방은 무조건적으로 좋다고 하는 사람에게 '쟤는 원래 다 괜찮으니까.'라며 자신도 모르게 그 사람을 세심하게 살피지 못하게 된다.

'소심하다고 하면 어쩌지?' '겨우 이런 걸로 이러냐고 그러면 어쩌지?'라는 마음이 들겠지만 조금은 용기 내서 작은 것부터 표현해 보자. 상대방에게 맞추기 위해 노력하다 진짜 내 모습을 잃는다면, 자신감 있고 당당했던 과거의 내 모습은 그 어디에서도 찾을 수 없다. 좋은 인간관계를 만들어가기 위해서는 서로의 노력이 필요하다. 만약 당신이 지금까지 참고 억누른 것이 그 관계를 유지하기 위한 노력이었다면, 이제는 억지로 하는 거 말고 고마운 것, 서운한 것 그리고 전하고 싶은 이야기를 밖으로 꺼내는 노력을 하면 좋겠다. 그런 노력에 상대방도 분명한 마음의 동요가 있을 것이고, 그렇게 서로가 노력을 한다면 훨씬 더 건강한 인간관계를 만들어갈 수 있을 것이다.

주인

살면서 지켜야 할 것들이 참 많지요.

누군가는 자존심을 지켜야 하고

누군가는 가정을 지켜야 하고

누군가는 권력을 지켜야 하고

그런데 내 마음은 잘 지키고 있나요?

마음을 잘 지킨다는 뜻은

'마음에 들어오는 생각, 감정을 잘 선별하여

버릴 건 버리고 취할 건 취하는 것'이라고 정의할 수 있어요.

쉽게 얘기하면 마음에 미움, 원망, 슬픔, 분노 등

부정적인 감정을 오랫동안 가지고 있지 않고,

되도록 빠른 시간 내에 해소하는 것을 말하죠.

'감사, 기쁨, 만족, 사랑, 희망 등 현재 상황에

항상 자족하는 마음을 갖는 것'을 뜻하기도 하고요.

부정적인 감정이 마음에 생기는 것은

자연스러운 일이지 나쁜 일은 아니에요.

그러나 그 감정이

오랫동안 당신의 마음에 머물게 해선 안 돼요.

그러니 마음의 주인답게

오늘 하루도 내 마음을 잘 지켜내 봐요.

지금 네가 힘들게 겪고 있는 그 과정이

나중에는 너를 분명히 빛나게 해줄 거야.

툭

그 사람이 가진 좋은 부분을 믿고 응원해 주세요.
그리고 그 모습을 기억했다가 칭찬해 주세요.

거창한 칭찬보다는 진심을 담아 담백하게 툭,
누군가 내 마음에 다녀갔다는 것을 알 정도로만
툭하고 전하면 돼요.

그런 담백한 진심이
상대방에게 무엇보다 큰 힘이 될 거예요.

관점

어느 날, 직장 후배가 회사에 너무 나오기 싫어서
그만둘 마음으로 며칠을 쉬었답니다.

그런데 불안했대요.
왜 불안했는지 물어보니 이렇게 말하더라고요.
"한 이틀까지는 참 좋았는데, 3일째 되니 갈 곳이 없고,
일주일 지나니 내가 매일 아침
갈 수 있는 회사가 있다는 것이 참 감사했어요.
물론 일하기 싫은 건 같지만요."

이처럼 지금은 상황이
비록 내가 원하는 것과 조금 다르다 하더라도
상황을 보는 관점만 바꾸면
훨씬 나아지는 경우가 많아요.

힘든 일이 있으신가요?

당신을 괴롭히는 모든 상황 중에서

그럼에도 불구하고, 당신에게 좋은 부분은 어떤 게 있나요?

그래도, 그래도 나에게 도움 되는 건 뭘까요?

나에게 주어진 것 중에 가장 나은 것을 보고 살아요.

그런 노력이 관점을 바꾸는 눈을 뜨게 만들어주거든요.

가장 중요한 태도

첫 번째, 시간 약속을 잘 지켜야 한다.

나는 시간 약속에 민감한 편이다. 내가 약속에 늦은 적은 작가 생활을 하는 9년 동안 딱 1번밖에 없다. 그날은 광주 강연을 하는 날이었다. 버스가 광주까지 3시간 30분이 걸린다고 나와 있어, 여유롭게 5시간 30분을 잡고 출발했다. 그런데 톨게이트를 빠져나와서 강연장까지 가는 길이 너무 막히는 바람에 강연에 2분 정도 늦었다. 강연장에 들어갔을 때 내 첫 마디는 '정말 죄송합니다.'였다. 그날은 내 능력의 120%까지 써가며 최선 이상의 노력을 했고, 다행히도 강연을 잘 마칠 수 있게 됐다. 그러나 그날 그 자리에서 나를 기다린 분들에게 너무 죄송한 마음이 들었고, 그 뒤로는 모든 변수를 고려해 장거리 미팅 전에는 최소한 3시간의 여유를 갖고 출발하게 됐다. 누군가를 만날 때 시간 약속은 기본이다. 초행길이다, 막히는 길이다, 사고가 났다는 것들은 사실 치명적인 이유가 되지 않는다. 결국 여유 있게 일찍 출발하면 되는 문제다. 만약 미팅을 했을 때,

나보다 상대가 늦게 오면 그 사람은 '아이고, 죄송해요. 정말 죄송해요.'라는 말로 미팅을 시작할 수밖에 없다. 그러면 그 미팅에서의 주도권은 나에게 있으며 내가 원하는 대로 가게 된다. 또한 늦었지만 미안하다고 말하지 않는 사람이라면 기본적인 인성이 안 되어있는 사람이기에 거르면 된다. 이처럼 미팅 내용과 약속 시간은 관련이 없어 보이지만 이렇게나 큰 영향을 끼친다. 최근 알게 되어 함께 일하려고 했던 사람이 있다. 굉장히 능력이 있고 인성도 좋고 멋진 분이라 생각했다. 하지만 지금까지 그 사람과 3번을 만났는데, 그 사람은 3번 다 늦게 왔다. 나는 그분의 연신 죄송하다는 인사에 괜찮다고 웃으며 말했지만 그 사람과의 세 번째 만남을 기다리며 앞으로 이 사람과는 어떤 일도 하지 않아야겠다는 다짐을 했다. 사소한 시간 약속도 지키지 않는 사람과 중요한 일을 같이 한다는 건 너무 리스크가 크다고 느꼈기 때문이다. 만약, 누군가가 당신을 갑자기 피하거나 분명 사이가 좋았는데 단절이 됐다면 그 사람과의 시간 약속을 너무 쉽게 여긴 건 아닌지 스스로를 돌아봤으면 좋겠다. 새로운 이야기를 하든 사적인 만남이든 만난다는 것은 서로의 시간을 서로에게 쓰는 것이다. '저는 부지런한 사람입니다.'를 입으로는 누구나 말할 수 있다. 그러나 행동으로 보여주는 것은 쉽지가 않다. 상대방과의 약속 시간을 칼같이 지키는 것, 이것이 당신이 어떤 사람인지 보여주는데 가장 효과적이다.

두 번째, 자신의 성과를 과도하게 늘어놓지 마라.

자기 성과를 과도하게 드러내는 사람들은 그 순간 잠깐은 빛나 보일 수는 있으나 그 시간이 계속해서 지속되면 주변에서 분명 말이 나오기 시작한다. 최근에 그런 사람을 만났다. 그 사람이 자신의 이력을 쓴 것을 볼 기회가 있었는데, 이런 식이었다. 〈00책 출간, 00년 X 월~X 월 베스트셀러 X 위〉, 이걸 보면서 과거의 업적을 저렇게까지 드러내고 싶구나 하는 생각이 들면서 그 사람에 대한 거부감이 생기기 시작했다. 충분한 시간을 갖고 대화를 통해서 자연스레 알게 될 수 있는 내용인데 처음부터 자기 PR이 너무 과하다는 생각이 들었다. 나는 그 사람의 능력을 알기에 미팅을 가지게 된 것인데, 저런 문단이 몇 개나 되는 걸 보고 자신의 잠재력보다 남에게 보이는 과거의 이력을 중요하게 여기는 사람이라고 느껴졌다. 이와 비슷하게 만났을 때 자기 자랑만 늘어놓는 사람은 설령 그 사람이 정말 대단한 사람이어도 그 시간이 지루하게만 느껴지며, 하나도 매력적이지 않아 보인다. 자랑을 하고 싶다는 것은 스스로가 스스로의 성과에 너무나 만족한다는 것인데, 그 만족의 에너지가 더 높은 곳을 바라보는데 쓰이는 게 아니라 자신의 성과를 상대방에게 어필하는데 쓰인다면 그 사람은 딱 거기까지가 한계라고 느껴진다.

상대가 묻지도 않았는데 계속 과거 이야기를 하는 것은 불

필요한 포장지와 같다. 그 포장지들은 상대방이 진정한 당신의 모습을 보는 노력을 방해하게 된다. 정말로 멋진 사람들은 말하지 않아도 다 티가 난다. 그러니 먼저 자랑하기 위해 안달 내지 말고 천천히 기다려라. 그러면 모두가 당신의 이야기를 듣고 싶어 할 것이다.

세 번째, 책 읽기와 글쓰기를 해라.

최근에 가장 핫한 책 〈역행자〉를 읽었다. 그 책에서는 성공하기 위해 가장 중요한 것으로 '22법칙'을 꼽는다. 매일 2시간 책을 읽고, 글을 쓰면 절대 실패할 수가 없다는 것이다. 나도 글쓰기 수업을 하고 또 매일 글을 쓰는 사람으로서, 글을 쓴다는 것의 가장 큰 장점은 스스로와 대화를 할 수 있다는 것이다. 머릿속에 있는 생각들을 적지 않고 발산만 하면 정확한 정리가 되지 않고, 명확해지지 않는다. 이처럼 생각을 정리하기 위해서는 반드시 글쓰기가 필요하다. 과거의 내가 왜 그랬는지,

앞으로의 나는 어떻게 해야 실수를 반복하지 않으며 가장 옳은 길로 갈 수 있는지를 명확하게 볼 수 있기 때문이다. 아무리 마음속으로 다짐하고, 다음에는 잘 해야지라고 생각해도 똑같은 실수를 반복할 때가 많다. 그 이유는 간단하다. 적지 않았기 때문이다. 나의 글쓰기 수업을 오시는 분들은 글을 쓰시면서 이런 말을 한다. '쓰다 보니까 제가 왜 이런 생각들을 하게 됐는지 정리가 되었습니다.'라고. 비단 글쓰기는 글을 종이에만 적고 새기는 것이 아니라, 내 마음에도 새기는 과정이다. 최근 사이판 여행을 준비하며 우연하게 구입한 〈부의 추월차선〉이라는 책을 읽고 글을 쓰며 나의 일에 적용시켰고, 훨씬 더 좋은 성과를 얻을 수 있었다. 단순히 책을 보는 데서 끝났다면 '좋았어.'로 마무리됐겠지만, 그게 아니라 적어보니 훨씬 더 좋은 아이디어가 나왔던 것이다. 이처럼 엄청나게 새로운 이야기가 아니더라도, 간결하게 정리돼 있는 좋은 글은 나를 다시 한번 깨운다. 혼자서는 몇 년이 걸렸을 생각의 크기 확장이 단 몇 장의

글에 가능해지는 경험을 한 것이다.

    너무 흔한 말이지만 꼭 말하고 싶다. 성공하고 싶다면 이 두 가지를 반드시 기억해야 한다. 반드시 매일 1장 이상 책을 읽을 것(읽다 보면 재미있어서 절대 1장만 읽지 못한다.), 그리고 단 몇 줄이라도 글을 쓸 것. 책을 읽다가 마음에 드는 한 문장도 좋고, 읽고 나서의 솔직한 나의 느낌도 좋다. 단순히 생각에 그치는 것과 직접 쓰는 것은 비교할 수 없을 정도의 차이가 있다.

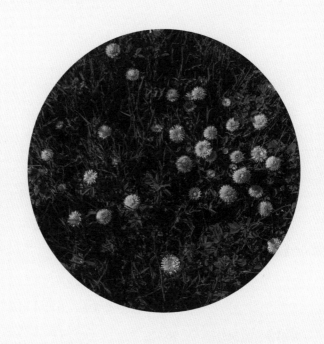

나에게 주어진 것 중에 가장 나은 것을 보고 살아요.

그런 노력이 관점을 바꾸는 눈을 뜨게 만들어주거든요.

좋은 날

고등학생은 입시로 인해 공부에 찌들어있어요.
대학생은 고등학생에게 말하죠.
"그때가 좋을 때다."

대학생들은 취업하기 위해 스펙을 쌓고 취업전쟁 중이에요.
직장인들은 대학생들에게 말하죠.
"그때가 좋을 때다."

직장인들은 업무 스트레스와 끝없는 경쟁으로 압박이 커요.
노인들은 직장인들에게 말하죠.
"그때가 좋을 때다."

살다 보면 많은 어려움도 있고
다 포기하고 쉬고 싶을 때도 있어요.
하지만 현재 우리는 그 누군가가

간절히 원하는 때를 살고 있습니다.

당신, 참 좋은 시기를 살고 있는 거예요.

걷자

오르막길에 숨이 차고
내리막길에 넘어지고
가끔 길을 잃을지라도
우리 오랫동안 같이 걷자.

헤매는 순간도 있고
더위에 지치기도 할 거야.
그래도 내가 옆에 있어 줄게.

넌 혼자가 아니니까
나도 혼자가 아니니까
서로의 손을 꼭 잡고

천천히 멀리,
그리고 누구보다 서로를 위하는 마음으로 걷자.

마음에 행복이 가득 채워지는

원하는 만큼 푹 쉴 수 있는 곳까지

같이 가보자.

끝에 할 일

나도 어느 날은
할 일이 많은 데도
빈둥빈둥 넷플릭스만 보는 날도 있어.

하루 종일 놀았는데
아니, 일을 미루고 놀기만 했으니까
잠들 시간이 다 됐는데 너무 기분이 안 좋은 거야.

이렇게 자버리긴 아쉬워서 글 하나를 썼어.
그랬더니 기분이 너무 좋아지는 거야.

우리 뇌가 이렇게 단순하대.
마지막만 기억한다고 하더라고.

하루가 별로였어도

오늘의 끝에 네가 좋아하는 걸 꼭 해줘.

요가도 좋고 독서도 좋고

자격증 공부를 30분만 해도 괜찮아.

평소 좋아했거나, 너에게 필요한 것 하나만 하자.

애쓰면서 무언가를 해내려는 정도 말고

잠깐 기분전환한다는 마음으로 시간을 보내.

그렇게 끝만이라도 괜찮게 만들면

내일의 시작은 나쁘지 않을 거야.

오늘 많이 힘들어서

겨우 끝부분만 행복했다면

스스로에게 정말 고생했다고 말해줄래?

잘했어 잘 자.

내일은 하루 전체가 행복한 날이 될 거야.

인식 변화

　유튜브를 하다가 우연히 연예인 김종국 님의 짧은 영상을 봤다. 웨이트 트레이닝을 하면서 '우와 좋다, 행복하다.'라며 웃으면서 운동을 하는 영상이었다. 조금 웃기게 연출된 영상이었지만 뒤통수를 한 대 맞은 것 같은 기분이 들었다. 나도 가끔 웨이트 트레이닝을 하지만 운동은 항상 나에게 힘든 것, 무겁고 나를 지치게만 하는 거라고 생각해서 두려워했다. 그 시간이 전혀 즐겁지 않았기에 운동을 가는 것 자체를 싫어했다. 그런데 그 영상을 보니 장난스럽게라도 저렇게 생각하면 운동이 조금이라도 더 좋아지지 않을까 하는 생각이 들었다.

　나는 이런 태도가 '인식의 전환'이라고 생각한다. 각 개인에게 너무 당연한 것이어서 다르게 생각해 볼 시도조차 하는 것을 잊은 일에, 다른 사람의 생각을 들여다보고 마침내 보이지 않던 다른 면을 마주하게 되는 일이다. 있는지도 몰랐던 다른 면을 만나게 되면 그제야 폭넓게 생각할 수 있는 계기를 얻게 된다. 인식의 전환은 생각보다 굉장히 큰 힘이 된다. 하지만 '나는 해당 안 돼. 그건 네 이야기고.'라는 마음이 깊게 자리한 사람들은 아무리 보여주고 들려줘도 결국 느끼지 못한다. 만약, 당신이 어려워하지만 필요하고 도움이 되는 것이라고 생각하는 것이 있다면 열린 마음으로 그 일을 대해보기를 바란다. 억지로 노력하지 않아도 그 일 가까이에 있다면 자연스럽게 인식이 변화됨과 동시에 경험이 쌓이게 되어 더 이상 어렵지 않고 즐거운 일이 돼 있을 것이다. 도움이 되는 생각들이 당신을 찾아왔는데, 굳게 닫힌 당신 마음 앞에서 돌아서게 만드는 일이 없기를 바란다.

내 상태

지금 하고 있는 일이나

준비과정에서 잘 안 풀린다면

'좀 더 해 봐야지, 더 노력해야지.'라는 생각도 좋지만

'내가 지금 지치지 않았나?'

'쉬어야 될 때가 아닌가?'를 한 번 생각해 보세요.

지친 상태에서는 최대한 집중을 해봐도

당신이 낼 수 있는 능력은

가장 좋은 상태의 절반 수준밖에 되지 않습니다.

너무 앞만 보느라

스스로의 컨디션을 잊고 사는 사람들이 많아요.

나를 돌아보고 챙겨주는 시간을 통해

전보다 가벼워진 몸 상태는

분명 좋은 결과를 가져다줄 거예요.

참 잘 쉬었고,

그래서 잘 해냈다고 말할 날이 올 거예요.

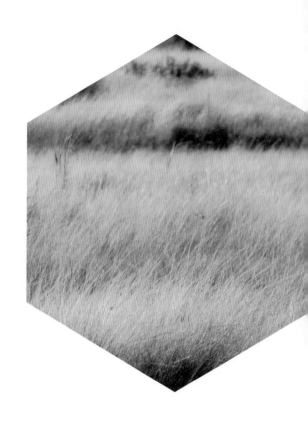

넌 혼자가 아니니까

나도 혼자가 아니니까

서로의 손을 꼭 잡고

03

당신의 마음에 한순간 와닿을

느린 판단

길 가다가 통화 소리가 들렸는데
욕설을 섞으며 이야기하는 사람을 봤어.

속으로 '입이 거칠어. 별로다.'라고 생각하다가
내가 저 사람을 알지도 못하는데
겨우 1초를 보고 판단해도 될까 하는 마음이 들었어.

하나를 보면 열을 안다는 말 있잖아.
어쩌면 틀릴 때도 있더라고.

호주에 있을 때 학원에서 만났는데
첫인상이 너무 별로였던 동생과
지금은 둘도 없는 사이가 됐고.

한 입 먹고 다시는 안 먹겠다는 음식이

최애 음식이 된 적도 많으니까 말이야.

욕하며 통화하던 그 사람은
몇 년 만에 연락된 동창 친구와
반가움에 인사를 했을 수도 있지.

잠시 본 하나의 단면만으로
그 사람의 전체를 판단할 필요도 없는 거야.

그러니 빠르게 결정 안 해도 돼.
다 보고 생각해 봐도 되니까
나에게도, 남에게도 적당한 시간을 주자.

성급한 판단을 내려서
좋은 사람들을 많이 놓쳤는지도 몰라.

만약 그들이 내 사람이 됐다면

지금보다 더 많은 행복을 만났을 거야.

건강하자

저번달에는 몸이 조금 안 좋았어.

몸이 아프니 꿈이든 돈이든
그렇게 좋아하는 여행이든
다 필요 없고 무기력해지기만 하더라.

아픈 게 왜 괴로운 일이냐면
몸만큼 정신도 약해져서 그래.

'잘 먹어야지, 움직여야지.' 생각은 해도
이미 약해진 정신은
'다 포기해. 그게 편해.'라고 말하는 듯해.

아무리 이성적인 사람도
몸이 아프고 정신이 몽롱해지면

어딘가에 갇힌 것 마냥

작아지고 우둔한 사람이 되거든.

건강은 당연한 게 아니야.

'건강' 하나만 믿고

뭐든지 시작할 수 있을 만큼

대단한 선물인 거야.

우리 매일 할 게 참 많지만,

어느 것 하나 빼놓을 수 없는 건 맞지만

어떤 경우든 항상 건강을 1번으로 생각하자.

아프지 말고 많이 웃고

못 견딜 만큼 힘들면 그만해도 돼.

건강하자.

어쩌면 행복하자는 말보다

더 중요한 말일지도 몰라.

1만 생각하기

일과 인간관계뿐만 아니라 연애까지도 잘하는 친구가 주변에 있다. 너무 대단하기도 하고 부러운 마음에 그 친구와 커피를 마시며 이런저런 이야기를 나누었다. 너는 뭐든 잘하는 것처럼 보이는데 방법이 뭐냐고 물었더니 그 친구는 놀라는 표정을 지었다. 그는, 자기는 별로 그렇게 생각을 하지 않았다면서 말을 이어갔다. 이야기를 들어보니 그 친구는 어떤 것을 할때 크게 '생각'을 하지 않는다고 했다. 잘되면 어떻게 할지, 안됐을 때는 또 어떻게 행동할지, 그리고 타인이 나를 어떻게 볼지 신경 쓰지 않는다고. 본인이 직접적으로 영향을 미칠 수 있는 부분이 아닌, 부가적인 결과나 타인의 시선에 대해서 너무 깊은 생각을 하지 않는 게 방법이라면 방법인 것 같다고 말해주었다. 이야기를 듣고 친구에 대해 생각해 보니 그 친구는 항상 너무 신중하지도 않고 너무 가볍지도 않았다. 해야 할 일에 대해 우선순위를 잘 세우고 그것에만 집중하던 모습이 생각났다. 내가 부러워했던 사람의 퍼즐이 맞춰지는 기분이었다.

우리는 항상 생각이 너무 많다. 나열할 수도 없을 정도의 너무너무 많은 생각들. 단순히 '그냥 해.'라고 말하고 싶지는 않다. 그건 너무 무책임해 보이는 것 같다. 이때는 가장 중요한 것부터 순위를 세워보면 좋겠다. 1번을 제외한 2, 3, 4, 5~100번까지. 그러고는 1번을 제외한 모든 것들에 대한 생각을 줄여보자고 말하고 싶다.

주변에 이런 좋은 사람을 통해 나도 생각을 줄이고 1번에만 집중하는 연습을 하는 중이다. 여러분도 우선순위만 생각하고 다른 생각은 하지 않는 연습을 통해 진정으로 여러분이 가야할 길을 정확히 알게 되기를. 그리고 스스로 느끼기에도, 남이 보기에도 충분히 행복한 사람이 됐으면 좋겠다.

나에게도,

남에게도

적당한 시간을 주자.

이렇다가 저렇다가

어떤 사람은 나보고 무례하다고 해.

어떤 사람은 나보고 솔직하다고 해.

그럼 나는 좋은 사람일까? 나쁜 사람일까?

생각해 보면 나는, 나를 솔직하다고 봐주는 사람들에게는 솔직하게 행동했고, 무례하다고 여기는 사람들에게는 무례하게 행동했던 것 같아. 민낯의 모습을 똑같이 보여줬는데 일부는 좋게 봐줬고, 일부는 좋지 않게 보더라.

하지만 나도 사람이기에, 내 모습을 좋게 봐주거나 좋게 보려고 노력해 준 사람들에게 마음이 갈 수밖에 없어. 나를 좋게 봐주는 사람에게 좋은 사람이 되고 싶었어.

관계, 별거 없어. 좋은 사람이 따로 있는 게 아니야. 포장 없이 행동하고, 그런 너를 좋게 봐주는 사람들에게 더 잘 해. 그럼 너는 너에게 좋은 사람들을 계속해서 얻는 삶을 살게 될 거야.

가면

이런 척 저런 척 애쓰지 마요.

가면 벗고 나대로 살아요.

그 모습을 좋아해 주는 사람이랑

잘 지내면 되지, 모든 사람이랑

친해질 수도, 그럴 필요도 없어요.

과정

　운전을 할 때 정확한 목적지를 설정하고 출발하면 굽은 길, 험한 길이 나와도 불안하지가 않아. 중간에 어려움 때문에 언제 도착하나 하는 생각은 있지만 잘 도착하고 나면 그런 건 금방 사라지지. 우리도 똑같아. 어느 상황에서도 흔들리지 않을 만큼 단단한 목표를 세워놨다면 무조건 믿어도 돼.

　그런, 마음에 만족을 가져오는 성공을 이루기 위해서는 반드시 시간이 필요해. 그 시간을 우리는 과정이라고 불러. 멋진 목표일수록 과정은 길고, 버텨내기에 녹록지 않은 상황일 수도 있어. 그렇게 어려운 일이야. 그렇지만 대단한 일이야. 오늘이 목표에 도착하는 날이면 좋겠지만 오늘이 아닐 수도 있어. 하지만 오늘 빠르게 이루어지지 않았다고 해서 실망하지 마. 내일은 분명히 다른 날이고, 넌 잘 가고 있기에 안전하게 도착할 거야. 도착지를 정확히 입력했기에 내 말이 틀림없어.

성공에 빠르게 닿는 3가지 방법

1. 결심하지 말고 행동해라.

살다 보면 굉장히 강한 동기부여를 받을 때가 있다. 최근에 나도 책을 읽고 그 이야기를 친구에게 해주었는데 대화가 아주 잘 되었고, 그 계기로 마음속에만 가지고 있던 작은 꿈을 펼쳐보려고 준비 중에 있다. 이렇게 뜨거운 열망이 생길 때면 보통 3가지의 단계로 시작한다. 첫 번째 결심하기, 두 번째 계획하기 그리고 마지막이 행동하기이다. 그런데 이것에 대해서 깊게 생각해 보았다. '꼭 결심이 필요한가?'라는 의문이 생겼기 때문이다. 사람에게는 사용할 수 있는 에너지의 한계가 있다고 생각한다. 그런데 결심하고 준비하는 과정에서 이미 많은 에너지를 쓰고 있는 나의 모습을 보았고 결심하는 과정을 빼면 더 도움이 되지 않을까라고 느껴졌다. 이 과정을 생략하고 계획을 함과 동시에 행동하면 훨씬 더 에너지 소비를 줄일 수 있겠다는 확신이 들었다. '시작이 반이다.'라는 말이 항상 공감이 되었던 나에게는 이러한 인식 변화가 도움이 되었다. 결심하는 것은 시작이 아니다. 그저 마음속으로 정한 것뿐이다. 이후 과정을 통해 시작을 하려고 하면 또 망설여지게 된다. 그냥 시작해라. 마음속 뜨거운 동기부여가 생겼다는 것은 이미 시작할 때가 됐다는 뜻이다.

2. 인정하는 건 자존심 문제가 아니다.

'변화의 시작은 인정이다.'라는 말을 지나가면서 보았다. 이 짧은 말이 크게 와닿았다. 최근 내가 가장 집중하고 있는 것은, 작든 크든 계속해서 변화하는 것이다. 지인을 만나서 이런 이야기를 하다 보면 그 사람의 생각이 조금은 보인다. 상대를 변화시키려고 하는 말은 절대로 아니다. 생각을 나누면서 각자의 이야기를 하다 보면, 어떤 사람은 책에서 가장 좋았던 부분을 이야기해도 '그건 모두에게 좋은 말 아니야?'라는 반응이 돌아온다. 정리하면 본인도 해당이 되지만 그럴 생각이 없다는 말이다. 자기 생각이 강해서인지는 모르겠는데 '그런가?'라는 인정이 어려운 사람들이 있다. 하지만 인정하지 못하면 변화는 없다. 좋은 쪽으로 변하는 건, 남이 아니라 나에게 좋은 일이다. 변화는 '지금에 만족해.'와는 온도가 다르다. 만족하지 못해서 변하려는 게 아니라 수많은 삶의 카테고리 안에서 부족한 부분이나 소홀했던 부분을 발전시키는 일이다. 인정하는 건 자존심 상하는 일이 아니다. 인정할 줄 알아야 당신의 인생이 좋은 쪽으로 간다.

3. 잘 되는 건 계속해라.

9년 정도 SNS에 글 연재를 하다 보니 여러 가지 형태를 바꿔서 업로드 한 경험이 많다. 글과 배경이 주는 분위기가 좋으면 더 많은 사람들에게 보일 수 있고 나도 알리는 일이라 어떤 형태로 어떻게 써봐야 할까라는 생각을 평소에도 많이 한다. 1년 정도 전에 새로운 콘셉트가 큰 반응을 보인 적이 있다. 그렇게 어렵지 않은 형식인데 반응이 좋아서 만족스러운 기분이었다.

그런데 내가 한 가지 실수한 것은 그 형식을 너무 자주 올리고 싶지 않아서 일주일에 한번 정도로 아껴뒀던 것이다. 그렇게 몇 주가 지나고, 그 형식은 그새 많이 소비되어 처음보다 반응이 많이 떨어졌다. '잘 될 때 아끼지 말고 더 자주 했으면 많은 글이 많은 사람에게 읽혔을 텐데…'라는 후회가 들었다. 사실, 이런 경험이 처음은 아니다. 꼭 지나고서야 알게 된다. 그래서 앞으로는 반응이 좋다면 조금 잦아도 되니 많이 업로드하는 게 정답이라는 생각을 했다.

이 책을 보는 여러분들은 나 같은 실수를 안 했으면 좋겠다. 일이든 취미든 잘 되면 계속하길 바란다. '나중에도 잘 될 거니까.' 같은 생각은 결국 후회를 만든다. 괜히 아끼려다가는 금방 트렌드가 지나가버린다. 무언가 잘 된다는 생각이 들면, 그건 세상과 시장이 원하는 것이기 때문에 지금 계속하는 게 맞다.

어느 상황에서도 흔들리지 않을 만큼

단단한 목표를 세워놨다면

무조건 믿어도 돼.

조심하면 좋을 유형의 사람

누군가를 처음 만났을 때, 처음부터 그 사람의 A-Z까지 파악한다는 것은 불가능하다. 몇 번 만나보고, 사소한 행동이나 말투를 겪다 보면 그제야 그 사람이 어떤 사람인지 알 수 있게 된다. 다만, 이런 경우 물리적인 시간이 많이 든다. 그렇기에 내가 지금까지 많은 사람을 만나며 겪었던, 조심하면 좋을 유형의 사람을 아래에 적어본다. 아래 5가지의 유형이 당신에게 도움이 되면 좋겠다.

1. 출처가 불분명한 사람.

내가 아는 사람의 주변 사람이라면 분명한 출처가 있는 사람이다. 그렇지만 일을 하거나 다양한 활동을 하다 보면 공통분모가 전혀 없는 사람을 만나는 경우가 많다. 그럴 때는 그 사람을 인증할 수 있는 무언가를 확인한다면 도움이 된다. 사업적인 만남이라면 그 사람의 사업장이나 홈페이지 그리고 프로필 등을 확인하는 방법이 될 것이고, 연애의 상황이라면 가벼운 예로 SNS가 될 수도 있다. 매번 사람을 확인하고 만나라는 뜻이 아니라 좋은 사람이 많은 만큼 이상한 사람도 많으니 상대방이 어떤 사람인지에 대한 기본 정보를 파악하는 습관이 필요하다는 것이다. 인생에 있어서 잘못된 연애는 트라우마를 남기게 되고 사업에 있어 섣부른 선택은 그동안 힘들게 쌓아왔던 공든 탑을 무너뜨리기 때문이다.

2. 과한 호의를 베푸는 사람.

관계는 기브 앤 테이크다. 이는 어쩔 수 없는 진리이다. 1의 도움을 받았다고 반드시 1을 돌려주라는 뜻이 아니라, 나에게 도움을 준 사람이 나를 필요로 할 때, 나도 그 사람에게 그에 상응하는 가치를 되돌려줘야 한다는 말이다. 나도 이런 경험이 있다. 몇 년 전에 스터디 그룹에서 만났던 사람인데 갑자기 연락이 와서 안부를 묻고 내 책을 꽤 많이 구입하고 싶다고 했다. 너무 감사한 마음에 대량 구매에 대한 진행을 했는데, 그 진행이 마무리가 될 때쯤 본인이 원하는 것을 말하기 시작했다. 자신이 일하는 회사의 보험 상품을 가입해달라는 부탁이었다. 이처럼 잘 알지도 못하는 사람이 당신에게 과한 호의를 베푼다면 분명히 경계할 필요가 있다.

3. 인맥에 집착하는 사람.

'나 누구 아는데…' '나 어떤 사람이랑 친한데…' 초면에 자신에 대한 소개보다, 자신이 알고 있는 인맥을 끌어와서 스스로를 포장하려 하는 사람들이 있다. 하지만, 이런 경우에는 사실 본인의 실체가 없고, 실력에 자신이 없기에 '아는 사람'들로 자신의 가치를 높이려 하는 경우다. 자신의 소개를 하기 전에, 본인이 아는 유명한 사람을 나열하며 으스대는 사람들이나 좋은 인맥을 만드는 데만 집착하고 혈안이 된 사람들은 반드시 조심해야 할 필요가 있다.

4. 자랑을 늘어놓는 사람.

정말 빛이 나는 사람은 자기 입으로 말하지 구태여 말하지 않아도 자연스레 그 빛이 드러나게 되어있다. 반면 어떻게든 자신의 빛을 드러내기 위해 애쓰는 사람들도 있다. 많이 만나지도 않았는데 자기 자랑만 늘어놓는다는 것은 자신이 딱히 보여줄 것이 크게 없다는 것의 반증이다. 이 사람들은 자신을 포장해야만 새로운 관계를 만들 수 있다고 생각하는 경우가 많다. 이처럼 상대방을 배려하지 않고, 자신의 자랑거리만 늘어놓는 사람들은 조심하고 거리를 둘 필요가 있다.

5. 주변 사람에게 무례한 사람.

당신에게만 잘한다고 해서 그 사람이 좋은 사람은 아니다. 당신에게는 더없이 다정하던 사람이 운전 중에 욕설을 한다거나, 서비스업에 종사하는 분에게 무례한 태도를 보인다면 그게 그 사람의 진짜 인성일 가능성이 크다. 당신에게는 한없이

다정하지만 남에게는 더없이 무례하고 거칠다면, 그 모습이 그 사람의 본 모습이며, 당신에게 보여준 다정함은 상황에 따라 발현되는 그 사람의 연기이며 포장이다. 이런 사람과 오랜 시간을 함께하다 보면 분명 서비스업 종사자에게 했던 표정과 말투가 당신에게 드러나지 않을 리가 없다. 이처럼 상대방을 봐가며 태도를 갈아 끼우는 사람이 아니라 그 누구에게도 한결같은 모습을 보이는 사람이 훨씬 더 좋은 사람일 가능성이 높다.

그날의 웃음

어떤 사람이 당신을 만나서
유독 많이 웃는다면
그동안 웃을 일이 없었는데
지금 이 시간이 고맙고
행복해서 그렇게 웃는 거래요.

될 마음

'할 수 있다.'라는 생각까지 안 해도 돼요.
'해봐야겠다, 하고 싶다.' 정도면 됩니다.
가벼운 마음으로 시작하면 더 잘 돼요.
당신은 낭떠러지 앞에 서 있는 게 아니에요.
긴장 풀고 힘 빼고 천천히 하는 게 좋아요.
거기에 간절함까지 있다면 말할 것도 없고요.

본 모습

이번에 미국에 갔을 때
나와 여행사의 개인적인 부탁으로
필라테스 수업을 해주신 참가자분이 있어.

프로그램을 더욱 풍성하게 만들어주셔서
정말 감사했고 만족도도 높았어.

그런데 그것보다 더 인상적이었던 건
자신의 일을 할 때 너무너무 멋졌던 모습이었어.

여행 중에 편하게 웃고 가볍게 떠들던 모습에서
자기 일을 할 때 사람이 아예 달랐거든.

누구나 자신의 일을 할 때 가장 멋진 것 같아.
틀림없이 그렇다는 걸

다시 한번 느끼게 된 계기였어.

너도 나도 누구나 그럴 거야.
하지만 그런 모습을 매번 보여주기 힘들잖아.
편한 게 좋으니까. 쉬려고 우리를 만났으니까.

만약, 자주 그런 모습을 만나지는 못하더라도
어쩌면 아직까지 그런 모습을 본 적은 없어도
분명 넌 되게 멋진 사람이야.

내가 못 봤다고 해서
그 모습은 없는 게 아니니까
스스로 멋지다고 생각해도 좋아.

긴 시간 애쓰느라 고생했어.

자신의 자리에서 눈부실 만큼.

열심히 해내줘서 고맙다.

넌 좋은 사람이자 대단한 사람이야.

말로 꺼내서 표현하지 못해도 이해해 줘.

마음속에는 늘 그런 진심이 담겨있어.

자신의 자리에서 눈부실 만큼.

열심히 해내줘서 고맙다.

신경과민

평소에는 뭘 먹어도 옷에 묻는 법이 없는데 흰색 옷만 입으면 조심을 해도 옷에 음식물이 묻는 일이 많다. 이런 이유는 신경과민 때문이다. '옷에 묻으면 안 돼.'라는 생각이 너무 강하다 보니 오히려 신경이 더 쓰이고 그런 신경과민이 크고 작은 실수를 만든다. 중요한 일을 앞두었을 때도 이런 상황은 적용된다. 준비하는 과정부터 결과를 내야 하는 당일까지 모든 생각과 관심이 집중된다. 그런데 그렇게 모든 것을 쏟는 상황이 되면, 평소에 자연스럽던 것이 부자연스러워지고, 평소에 하지 않던 실수를 만든다. 그러한 상황이 반복되다 보면 더욱더 예민해지고 여유를 잃어버릴 수밖에 없다.

이때 신경과민을 극복하는 방법은 두 가지가 있다.

1. 잘 자고 잘 먹기.
2. 신경을 돌릴 수 있는 운동과 산책하기.

1번은 너무나 당연하고 뻔한 이야기 같지만, 중요한 일을 앞두면 저 기본적인 것조차 잘 지켜지지 않는다. 그렇게 되면 몸의 리듬이나 에너지가 깨지게 되고 하는 일에도 지장이 간다. 나도 과거에는 강연을 앞둔 날이면 극도로 긴장되고 도망치고 싶을 만큼 두려웠다. 그래서 전날에는 잠도 많이 설치고 강연 당일에는 식사도 잘 못할 정도였다. 그러한 모습이 몇 개월 이어지다가 잘 자고 잘 먹으면 강연도 잘 될 거라는 지인의 한마디에 전날 잠들기 전에는 최대한 강연 생각을 하지 않고, 당일에는 식사도 더 잘 챙겨 먹었더니 긴장도 풀리고 강연이 전만큼 두렵지 않게 됐다. 이처럼 우리는 완벽해야 한다는 이유로, 실수하지 않아야 한다는 강박관념으로 잠을 줄이고 식사시간을 미루며 무언가를 준비했을 때가 있을 것이다. 하지만 그럴수록, 더욱더 자는 것에 신경 쓰고 더더욱 잘 먹기를 바란다.

2번도 1번만큼 중요하다. 큰일을 앞두었을 때는 모든 사람이 그렇듯이 그 일에만 몰두한다. 그것만 해도 시간이 없기 때문이다. 그런데 나는 이것이 위험하다고 생각한다. 이럴 때는 긴 시간을 투자하지 않더라도, 하루에 20분 운동하거나 10분 산책하기를 꼭 추천한다. 운동이나 산책은 온전히 나의 생각을 정리하거나 제대로 숨을 돌리는 행위다. 갈 길이 멀수록 쉼표가 많아야 한다. 잘못된 쉼표를 찍으면 에너지를 뺏기고 장기적인 흐름에서 흔들림이 온다. 이럴 때는 확실한 쉼표를 찍어주며 생각과 마음이 제대로 쉬어가는 과정을 만들어야만 한다.

내 마음, 내 판단

억지 부리지 말자.

안 되는 걸 되게 만들려고 하지 말자.

내 노력으로 가능케 하는 것 말고

스스로 '억지'라고 생각되면 그만두자.

가끔 '이건 안 되는 건데…'라는 생각이 들지만

너무 원하는 것이어서 누군가에게 부탁하고

이곳저곳 알아보는 행동을 자주 하게 되면

마음도 편치 않고, 결국 얻어낸다 하더라도 마음에 걸린다.

내 마음을 믿자.

내 판단을 믿자.

내가 억지라고 생각 든다면 과감하게 접고

판단과 기준에 맞는다고 생각하면 모든 걸 쏟아보자.

자꾸 주변 사람의 눈이나

남의 기준에 맞추려고 하지 말고

진짜 너의 삶, 나의 삶을 살자.

향

다정한 사람에서 나오는 특유의 향이 있다.
달콤하지도, 그렇다고 밍밍하지도 않은 향.
딱 적당해서 기분이 좋아진다.
마음이 편해져서 기대고 싶다가도,
내 것을 내놓고도 싶어진다.

그 사람과 시간을 보내다 헤어져도
이 은은함은 꽤 긴 시간 내 곁을 감돈다.
오직 나에게만 풍기는 다정함을 경험하고 나면,
너무 달콤한 것은 진정한 다정이라 부르기 어려워진다.

성공하기 위해 반드시 기억해야 할 3가지

예전에 외국에 살며 사업을 준비하는 친구와 통화를 한 적이 있다. 그 친구는 직장생활만 해봤지, 사업은 처음이라 이런저런 고민이 많아 보였다. 그 친구는 사업을 잘 하기 위해 꽤 많은 시간을 써서 다양한 사람들을 만나며 다양한 정보를 얻고 있었다. 그 친구가 그렇게 사람들을 많이 만나는 가장 큰 목적은 블루오션을 찾기 위함이었다. 친구의 말을 들어보니 한국과는 다르게 나름대로 블루오션이라고 할 수 있는 사업 아이템들이 많았다. 친구와 얘기를 듣다 보니 나도 친구가 찾은 아이템들이 되게 좋다는 생각이 들었다. 그래서 친구에게 시작해봐도 좋겠다고 말했지만, 친구는 오랜 시간 고민을 하다 결국 아무것도 시작하지 못했다.

그 친구를 보며 두 가지를 느꼈다. 첫 번째는 무언가를 시작하는 것엔 큰 용기가 필요하다는 것과 두 번째는 블루오션을 찾는 것보다 중요한 건 내가 잘하는 걸 찾아야 한다는 것이었다.

경쟁이 없는 블루오션임에도 불구하고 나에게 큰 성공을 가져다주는 것, 그게 과연 존재할까라는 의문이 든다. 결국, 어떤 일을 선택함에 있어 가장 중요한 것은 레드오션, 블루오션의 여부가 아니라 '내가 잘하고 좋아하는 것'을 하는 것 아닐까? 모든 분야의 정보가 공유되는 현대 사회에서, 레드오션이 아닌 곳은 없다. 하지만 이런 환경에서도 크고 작은 성공을 이루는 사람은 셀 수 없이 많다. 그 사람들이 그렇게 될 수 있었던 이유는 남보다 과감했고, 빨랐고, 자신을 믿었기 때문이다. 그렇기 때문에 이 시대에서 성공하기 위해 가장 중요한 3가지는 아래와 같다고 본다.

1. 과감하라.

평생 생각만 하고 행동하지 않으면 결국 이뤄지는 건 아무것도 없다. 술자리에서는 누구나 일론 머스크고 스티브 잡스다. 그렇기에 과감하게 행동할 필요가 있다. 거창하게 시작하지 않아도 된다. 샤워하면서 매일 머릿속에 흩어지는 다양한 생각 중에, 계속해서 머릿속을 맴돌거나 스스로 느끼기에 충분히 경쟁력이 있다고 확신하는 것들은 우선해봤으면 좋겠다. 모든 것을 다 갖추고 시작하는 사람은 없다. 완벽하게 시작하기 위해 많은 시간을 쓰기보다, 우선 시작하고 수정하길 바란다. 그게 장기적으로 봤을 때 훨씬 더 효율적이다.

2. 빠르게 움직여라.

기획이 좋고 주변에 도와줄 사람도 많으며, 실력도 있다 하더라도 결국 시작하지 않으면 아무 일도 생기지 않는다. 빠르게 시작하는 것과 서두르는 것은 다르다. 생각 정리가 끝나자마자 움직이는 것이 빠른 것이고 생각과 방향이 정해지지도 않았는데 시작하는 것은 서두르는 것이다. 그러니, 천천히 정리하고 정리가 끝나면 빠르게 진행해도 좋다. 정리가 끝났음에도 불구하고 바로 시작하지 않으면 길은 계속해서 바뀌게 되고, 그 시간이 길어지면 방향 자체를 잡지 못한다. 갖은 고생을 하며 겨우겨우 설정한 방향을 잃는다면, 처음부터 다시 시작해야 한다.

또한 계속해서 늦어지다 보면 열정이 사그라들어, '에이, 어차피 안 될 거였어.'라며 도전조차 하지 않게 된다.

3. 자신을 믿어라.

내가 가야 할 길이 어제 봤을 때는 되게 마음에 들었지만, 다음 날 보면 갑자기 별로인 것처럼 느껴져 두려워질 때도 있다. 하지만 이것은 길의 문제가 아니라 날씨의 문제다. 길은 문제가 없다. 어제는 맑은 날씨였지만 오늘은 안개가 낀 것뿐이다. 지금까지 당신은 모든 것을 쏟으며 최선을 다했다. 그 정성의 시간은 결코 당신을 배신하지 않는다. 스스로를 믿으라는 것은 남을 이기라는 것보다 중요하며 좋은 말이다. 남을 이기려고 시작한 것들은 결과가 나올 때만 잠시 기쁠 뿐이지, 결국 끊임없이 성과에 대한 갈증을 불러일으킨다. 경쟁보다 중요한 것은 스스로 봤을 때 잘하고 있는가이다. 간단한 예를 들어보겠다. 세상에는 수많은 책이 있다. 그 책을 쓴 작가들은 경쟁에 큰 신경을 쓰지 않는다. 서로를 이기려고 노력하는 게 아니라, 작가 본인의 능력을 최대한으로 보여낼 수 있는 글을 쓰기 위해 최선을 다한다. 그리고, 전작보다 공감되고 표현이 좋으며, 간직하여 읽고 싶은 글을 써내는 사람이 좋은 성취를 얻는다. 자신이 걷고 싶은 길을 걸으며, 스스로를 믿고 행복한 노력을 한다면 결과는 따라오게 되어있다.

남의 기준에 맞추려고 하지 말고

진짜 너의 삶, 나의 삶을 살자.

돕고 싶다

누군가의 말 한마디가 마음 깊은 곳에 들어올 때가 있다. 나에게 너무 필요했던 말, 막힌 곳을 뻥 뚫어주는 그런 생기가 있는 말이다. 꼭 사람이 아니더라도 노래 가사나 누가 말한 지도 모를 우연한 문장이 들려오는 건 세상이 당신을 돕고 싶어 한다는 뜻이다. 당신을 사랑하는 모든 것은 당신이 잘 되기만을 빌고 있다. 곁에서 작은 도움이라도 되기를 바라며 당신만을 생각한다. 그러니 혼자라고 생각하지 말자. 응원하는 사람이 이렇게 많으니 툭툭 털고 일어나도 된다.

멀리할 이유

나에게 의미 없는 일과 멀리하고
더 이상 의미 없는 사람과 멀어지고
이제는 의미 없는 걱정을 줄이면서
처음엔 적응이 쉽지 않겠지만
가끔은 혼란스러울 때도 있겠지만
의미 없다고 느낀 것 자체가
정확한 이유가 되는 거니까요.
잘하고 있어요. 덜어 낼 줄도 알아야죠.

주변에 좋은 인맥이 많은 사람 특징

   1. 이상한 고집이 없다.

가끔 주변을 보면, 다른 건 괜찮은데 유독 특정 부분에서 이상한 고집을 부리는 사람들이 있다. 예를 들면 술자리에서, 나와 함께 자리에 있다면 반드시 술을 마셔야 한다며 술을 마시지 않는 상대방에게 술을 강권하는 경우다. 이런 성격을 가진 사람들을 보면 참 아쉽다는 생각이 든다. 그 하나의 일로 인해, 그 사람의 장점들이 모두 가려지기 때문이다. 10개 중 9개가 좋다고 하더라도 그 치명적인 하나로 인해 본인의 이미지를 모두 깎아 먹는 것이다. 만약 내 주변에 좋은 사람들을 두고 싶다면, 본인만의 쓸데없는 고집을 내려놓고 상대방의 의지를 존중해줄 필요가 있다.

   2. 누구에게나 배우려고 한다.

자신보다 뛰어난 사람의 말만 경청하고 나이가 어린 사람의 경험은 무시하는, 전형적인 '강약약강'의 사람들이 있다. 하지만 이런 사람들의 본심은 얼마 못 가 들통나고, 주변의 좋은 인맥들이 이 사람의 겉 다르고 속 다른 태도에 실망해서 떠나게 된다. 반면, 주변에 좋은 인맥들이 많은 사람은, 자신과 다른 분야의 사람이면 그 사람이 이룬 것이 무엇이든 존중의 마음을 보내고 생각을 나누면서 본인에 성장에 적용하려 노력한다. 또한, 상대방이 자신을 궁금해하고 그로 인해 발전하고 싶어한다면, 자신이 지금까지 겪어왔던 이야기를 상대방의 입장에서 솔직하고 최대한 도움이 되는 방향으로 알려준다. 이런 자세 덕분에 이런 사람들 주변에는 늘 도움을 주고 싶어 하는 사람이 많다. 명심하자. 자신이 가지고 있는 생각만 옳다고 여기지 않고 늘 열려있는 태도와 마음을 보여준다면, 좋은 사람들은 알아서 내 곁에 모일 수밖에 없다.

3. 상대방에게 받기 전에 먼저 준다.

주변에 좋은 인맥이 넘치는 사람들은 상대방에게 받기 전에 먼저 준다. 그런 태도가 장기적으로 스스로의 가치를 훨씬 더 크게 올려줄 거라는 확신이 있기 때문이다. 뿐만 아니라, 이들은 자신이 가지고 있는 지식이나 정보를 상대방에게 알려주는 것을 손해라고 생각하지 않고, 그걸 통해 주는 기쁨을 얻고 더 큰 기회를 만든다. 그리고 이런 태도는 당연히 상대방에게도 전달되며, 그 사람을 만나본 사람은 마음속에 고마운 감정을 가지고 그 사람을 소중한 사람이라 여기게 된다. 좋은 사람을 만나고 싶다면, 먼저 받을 생각을 하기보다 먼저 베풀면 좋겠다. 단기간에는 금전적, 시간적 손해라 생각될 수 있지만 그런 작은 씨앗 하나들이 나중에는 울창한 나무가 되어 훨씬 더 좋은 결과로 돌아올 것이다.

우리가 반드시 알아야 할 17가지

1. 나 자신에 대해 더 잘 알자.

우리는 나 자신을 잘 알고 있다고 생각하지만 예상보다 나는 나를 잘 모르는 경우가 많다. 상대방에 대해 잘 알아야 더 잘해 주고 위로도 잘 해줄 수 있듯이 나에 대해 더 공부해야 한다.

2. 일과 일상을 분리하라.

출근해서 잡다한 생각에 일을 못하고, 퇴근해서 일 생각에 내 삶을 즐기지 못하는 것만큼 미련한 것은 없다.

3. 돈 없을 때 잘해 준 친구에게 잘해라.

풍족할 때 나누는 것은 쉽지만, 없을 때 나누는 것은 진심 없이는 불가능하다.

4. 매번 양보할 필요는 없다.

실속이 있어야 한다. 내 몫을 챙기고 때로는 욕심도 부릴 줄 아는 것도 나에게 충실한 것이다.

5. 나만의 소확행을 정해라.

휴가 때 해외여행을 가는 것이 나에게는 소확행이 아니라 부담일 수도 있고, 퇴근 후에 술 한 잔을 하는 것이 나에게는 소확행이 아니라 피곤함일 수도 있다. 남의 소확행이 아닌, 나만의 소확행이 무엇인지 고민해 봐라.

6. 너의 기분은 네가 다스리는 것이다.

오늘 스트레스는 문 앞에 두고 들어와라. 네 기분 때문에 가족이나 주변인을 힘들게 하지 마라.

7. 사랑하라.

만남의 설렘, 헤어짐의 아픔은 너를 성장시켜줄 것이며, 또 이런 경험의 반복을 통해 어떤 사람을 만나야 잘 맞을지 알게 된다.

8. 너의 일을 사랑하라.

매일 해야 하는 네 일을 습관적으로 싫어하면 너만 손해다. 아무리 노력해도 싫다면 다른 일을 해라. 네가 할 수 있는 일은 세상에 많다.

9. 진정한 위로는 건네면서 내가 아파야 한다.

감정의 아무런 변화가 없으면서 건네는 말들은 '내 일'처럼 여기지 않았다는 뜻이다.

10. 포기는 실패와 다른 말이다.

주어진 시간은 모두 같다. 상당한 노력이 들어갔지만 안 되는 것은 안 되는 것이다. 포기하고 차라리 좀 쉬어라.

11. 나 자신을 너무 규정하지 마라.

평소 나 같지 않은 행동과 생각을 하는 연습을 하면 스스로
도 변하고 주변의 태도도 변한다.

12. 하고 싶다고 해서 모든 말을 하지 마라.

하지만 3번 생각했을 때 꼭 해야 한다고 생각되면 해라. 할
말을 하는 법도 알아야 한다.

13. '나는 원래 이래'라는 말을 하는 사람과 멀어져라.

자신의 상황만을 유리하게 만들려는 사람이다. 언제 또 말을
바꿀지 모르는 성격이다.

14. 적절한 휴식을 취하자.

지쳐 쓰러져서 쉬는 것은 휴식이 아니라 방전이다. 여행도 가
고 사람도 만나자. 우리는 일하기 위해서만 사는 것은 아니니까.

15. 헤어져야 할 사람하고는 헤어져라.

매일 실망만 주고 매일 싸우는 사이, 너 스스로도 아닌 것 같다고 생각되는 사람이랑은 과감하게 헤어져라. 진짜 연애는 '이 정도면 됐지'가 아니라, '이 사람 덕분에 정말 행복해.'라는 감정을 주는 것이다.

16. 거절할 줄도 알아라.

남들의 부탁 때문에 당신의 할 일과 계획들이 진행이 되지 않는다면 그건 결국 그 부탁을 다 들어준 당신의 잘못이다.

17. 돈을 '잘' 써라.

통장에 돈은 있지만 여행도 안 가보고 취미도 없는 사람보다, 할 줄 하는 것도 많고 하고 싶은 것도 많은 삶이 훨씬 멋진 삶이다.

당신을 사랑하는 모든 것은

당신이 잘 되기만을 빌고 있다.

04

무엇보다 밝게 빛날 선물

잣대

'더 참아야 해.'

'더 착해야 해.'

'더 잘해야 해.'

어느 누구보다 나 자신에게

높은 잣대를 들이대며 부담을 주고 있지는 않은지 생각해 봐.

잘 했을 때는 잘 했다고 해줘.

'잘 했으니까 다음에는 더 잘 하자.' 같은 마음 말고

몸과 마음이 쉬고 만족할 수 있는 시간을 줘.

진정으로 내가 평온한 시간 말이야.

무언가를 잘 해 냈을 때 해야 할 일은

다음 일을 계획하는 게 아니라 충분한 충전을 하는 일이거든.

과한 이해

'그럴 수도 있다.'라는 생각은
당신을 갉아먹습니다.
우리가 무례한 사람에게 단호하지 못하는 이유는
과하게 상대를 이해하려 하기 때문입니다.

당신이 너무 기분이 나쁘거나
전혀 납득이 되지 않거나
나였으면 저렇게 하지 않았을 거라는 생각이 든다면
'그럴 수도 있다.'라고 생각하지 않아도 됩니다.

남을 이해하는 것만큼 중요한 것이
내 기분을 지키는 거예요.
의견이 다른 것과
내 기분이 상하는 건 다릅니다.

남을 인정하는 것만큼 내 기분을 인정해야 합니다.

내 기분은 내가 지켜야 해요.

아무도 해줄 수 없는 일,

나를 위해 나만이 할 수 있는 노력입니다.

본보기

해외에서 일을 하는 친구가 작은 선물을 사 왔다고 해서 얼굴을 볼 겸 친구네 집 앞으로 갔다. 그때 우연히 친구 부모님도 뵙게 됐다. 오랜만에 한국에 온 친구와 부모님이 식사를 하러 가는 길이었다. 그때 친구의 어머님, 아버님과 대화를 나누며 한 가지 사실을 알 수 있게 됐다. 그 친구가 항상 남을 배려할 줄 알고 착한 사람이어서 그 모습이 되게 인상적이었고, 마음 속으로 좋은 사람이라는 생각만 하고 있었는데 그게 모두 부모님에게 배운 것이라는 사실을 말이다.

식사를 하며 나에게, '시간이 되면 잠시 집에서 커피라도 한 잔하면 좋을 텐데…'라고 하시는 말씀이 참 따뜻했다. 처음 본 아들의 친구에게 그런 말을 건넬 수 있다는 것은 마음이 깊고, 남을 배려할 줄 아시기에 자연스럽게 나온 말이라는 생각이 들었다. 옛말에 그 사람을 알려면 주변 사람들을 보라는 말이 있다. 옛말 중에 특히 맞는 말 같다고 생각하며 살고 있었는데,

역시나 맞는 말이었다. 괜히 고맙고 가끔 생각나는 그 친구의 가장 가까운 곳에 누구보다 좋은 사람이 있었다.

좋은 사람은 절대 혼자 만들어지는 게 아니다. 그 사람의 주변을 보면 항상 좋은 사람들이 있다.

좋은 사람이 되기 위해서 가장 중요한 것은 주변에 좋은 사람들을 많이 두고, 그들을 통해 좋은 모습들을 배우는 것이다. 그 과정에서 당신이 누구보다 좋은 사람이 되어, 또 다른 사람에게 좋은 영향을 주는 가치 있는 삶을 살길 바란다.

당신, 됩니다

두려워하지 마세요.
걱정하지 마세요.
미리 포기하지 마세요.

가짜 감정에 속지 마세요.
그저 해야 할 일이라고 생각하면 됩니다.
그리고 계획을 세우면 됩니다.

그 계획이 탄탄하면 용기가 생깁니다.
용기가 있으면 확신이 찾아옵니다.
그 확신을 믿고 나가면 됩니다.

과정 중에 생각했던 것과 다른 것도 있겠지만
의외로 일이 잘 풀리거나 좋은 사람을 만나기도 합니다.
어떤 일도 나쁜 상황만 이어지지 않아요.

그토록 나쁜 상황 속에서도,

생각지도 못했던 좋은 점도 발견하게 될 겁니다.

그 좋은 발견은 경험이 되고 당신을 깨우치게 도와줍니다.

그렇게 차근히 나가다 보면 목표에 도달할 수밖에 없습니다.

앞으로 그 어떤 것도 어렵게 생각하지 마세요.

내가 어렵게 생각하면 정말 어려운 일이 되어 버립니다.

그저 해야 할 일이라고 생각하고

묵묵히 해 나가면 됩니다.

당신, 됩니다.

쉽게

행복의 종류는 두 가지가 있어.
내가 노력해서 얻는 행복과
자연스럽게 찾아오는 행복.

물론 긴 시간 동안 내 욕구를 참아내고
나 스스로와 싸워가며 얻는 행복의 크기가
우연히 찾아오는 행복보다는 클 수도 있어.

하지만 매일 모든 걸 쏟을 수는 없잖아.

쉬운 행복부터 느껴보자.
작지만 충분한 행복을 찾아보자.
노력하지 않아도 내 옆으로
조용히 다가온 그런 행복 말이야.

새로 도전해서 시킨 메뉴가 생각보다 맛있을 때

신호를 잘 받아서 퇴근 시간이 5분 줄었을 때

아무것도 하지 않았는데 1킬로가 빠져있을 때

이런 귀여운 행복들을 그냥 지나치지만 않아도

오늘 난 충분히 행복했다, 그래 이만하면 됐다고

말할 수 있는 하루가 완성돼.

두려워하지 마세요.

걱정하지 마세요.

미리 포기하지 마세요.

질문

누구는 대학에 합격했어.

그런데 그는 사랑에 실패했대.

누구는 사업에 성공했어.

그런데 그는 건강관리에 실패했대.

누구는 삶이 행복했대.

그런데 그의 주변은 그렇지 못했대.

과연 이 사람들은 실패일까 성공일까.

이뤄낸 게 더 많다고 해도

그 사람이 가장 중요하게 생각하는 것을

실패했다면 그 사람은 실패한 거야.

자주 넘어지고 방황하더라도

마음이 진정으로 행복하다면 성공한 거고.

우리 삶을 조금 더 크게 보자.

중요한 것을 절대 잊지 말고

가끔 부족해도 너무 실망하지 말고

괜찮아, 우린 또 잘하는 것도 많잖아.

4배

식물의 뿌리를 다른 화분에 옮겨 심으면 평소의 4배에 해당하는 영양분이 필요하다고 한다. 다른 활동을 하지 않고 뿌리만 박혀있는 단순한 식물의 세계에서도 4배의 에너지가 필요한데 나의 앞날과 더불어 인간관계에서까지 쓰이는 고민과 생각, 그리고 물리적인 행동에 쓰이는 에너지가 훨씬 더 많은 우리는 오죽할까. 우리가 새로운 도전을 할 때는 평소보다 적어도 4배, 그 이상의 에너지가 필요하다는 말이다. 식물의 뿌리를 다른 화분에 옮겨 심을 때 식물은 식물 영양제를 맞는다. 영양제 하나를 꽂아주면 정착하는 데 힘을 낼 수 있고 결국 버텨낸다.

우리도 마찬가지다. 평소보다 더 잘 먹고, 더 좋은 사람들을 보며, 가벼운 산책이나 기회가 되면 멀리 떠나는 여행을 통해 필요한 에너지들을 얻어야 한다. 4배 이상의 영양이 필요한 상황에서 지금과 똑같은 에너지로는 못 버티는 게 당연하다. 절대 그냥 버티려고 하지 마라. 당신이 약한 게 아니라 실제로 지칠만한 상황이고 영양제를 꽂아주지 않으면 누구나 버틸 수 없는 일이다. 새로운 마음가짐에는 새로운 화분이 필요하고, 그 화분에 필수적으로 있어야 하는 것은 당신을 위한 영양제이다.

차이

내가 할 수 있는 것과
하고 싶은 것들을 위해서
살아가는 것이 '노력'이고

"누구처럼 돼야지."
"누구를 이겨야지."
"남에게 잘 보여야지."
이러한 생각들,
결국 남이 기준이 되고
그 과정이 행복하지 않은 것이 '욕심'입니다.

욕심을 버리고 나를 위한 노력을 하며 살아요.
가장 건강하고, 가장 옳은 곳을 바라보며
평온함을 유지하면서 우리 그렇게 살아요.

널 위한 응원

요즘 고민이 많지?
생각대로 잘 안되고
좋게 생각하려고 해도
답답한 일도 많으니까.

그래도 해 보자.

잘될 거야.

나는 널 믿어.
그러니 너도 널 믿었으면 좋겠다.

살다 보면 힘든 일도 있지.
근데 좋은 일이 더 많아.

지금 지쳐서 힘들고

하고 싶은 걸 억지로 참으며,

자존감이 낮아졌어도

스스로에게 잘했다고 말할 수 있는,

길었던 이 시간을 보상받을 날이

곧 올 거야.

정말이야. 잘하고 있어.

널 응원하는 사람이 많다는 걸 잊지 마.

듣고 싶은 말

자신의 부족한 점을 묻거나
단점에 대해 이야기하거나

아니면 본인이
요즘 얼마나 열심히 하고 있는지
당신에게 말해주는 사람이 있다면

경청하고, 같이 많은 시간을 보내세요.
맛있는 것도 꼭 먹고요.

그리고 헤어지기 전에는
"너 잘하고 있어."라고 얘기해 주세요.

어쩌면 이 말이 그 사람이
가장 듣고 싶었던 말일지 몰라요.

당신과 시간을 보내고

충분히 위로가 됐을 마음에

'잘하고 있다.'라는 말로

헤어져도 여운이 긴 선물을 주는 거예요.

그 문장이 그 사람에게 가장 필요한 말이고

우리가 충분히 해 줄 수 있는 일이니까요.

길었던 이 시간을 보상받을 날이

곧 올 거야.

다시 생각해봐야 할 사람

1. 자기 기분에 따라 태도와 목소리가 달라지는 사람.

'기분이 태도가 되지 마라.'라는 아주 유명한 말이 있다. SNS를 통해 너무 많이 본 말인데 삶의 진리라고 여겨질 만큼 대단한 힘을 가진 문장이라고 생각한다. 저 문장을 알기 전에는 내가 저런 행동을 했을 때, 그게 잘못된 것인지 기분 때문인 건지 잘 정리가 안됐다. 그러나 저 문장을 듣고 나서 스스로를 돌아보게 됐고, 기분이 태도가 되는 행동을 반복하지 않으려는 노력을 할 수 있게 되었다. 만약 어떤 사람이 꼭 당신이 아니더라도 다른 사람에게 기분이 태도가 되어 행동한다면 분명히 거리를 둘 필요가 있다. 언제든 당신에게도 그렇게 분명할 것이며 본인 기분만 중요하다고 생각하는 사람일 확률이 높기 때문이다. 만약, 감정에 휩쓸려서 행동하는 그런 사람이라면, 그 사람과 많은 시간을 보내면 보낼수록 그 사람은 결국 당신에게 상처만을 남기게 될 것이다.

2. 항상 가르치려고 하거나 구박하는 어투의 사람.

사람 사이에 가장 중요한 것이 '말'이다. 말은 단어나 내용이 아니라 어투까지 포함한다. 듣기 어려운 말도 상대방의 마음을 이해해 주고 조심스럽게 꺼낸다면 조금은 인정하고 변화할 생각이라도 들지만, 어투부터 공격적이라면 내용이 어떻든 대화가 불가능해진다. 항상 말투가 구박하거나 가르치려는 말투의 사람이라면 애초에 가까워지기도 어렵겠지만, 이미 주변에 그런 사람이 있다면 다시 생각해 봐야 한다. 말 한마디에 하루의 기분이 좋아지기도 하고, 또 말 한마디에 모든 것을 잃은 것 같은 기분이 만들어지기도 한다. 만약 어투가 좋지 못한 사람이라면 당신에게 행복을 선물해 주기보다는 부정적인 기운의 말로 좋았던 하루도 제대로 망칠 것이기 때문이다.

3. 하고 싶은 말은 다 하고 들어야 할 때는 귀를 닫는 사람.

일방적으로 자신의 이야기만 쏟는 것은 대화가 아니다. 열마디를 했으면 최소 다섯 마디는 들어야 생각을 공유하는 대화라는 것이 성립된다. 말을 혼자 그만큼 많이 한다는 것은 상대방에 대해 궁금하거나 이해하고 싶은 것이 없다는 뜻이 된다. 많은 이야기를 듣다가 당신의 의견을 말할 기회가 왔을 때 바로 다른 이야기를 해버린다거나 대꾸가 없다는 것은 걸러낼 사람이라는 것을 알려주는 신호이다. 말하는 것보다 듣는 것이 훨씬 어려운 일이다. 자신의 감정과 하고 싶은 말만 쏟아내고 싶어 하는 사람은 더 이상 받아줄 이유가 없다.

4. 행동이 과격하고 기본적인 배려가 없는 사람.

SNS를 통해서 여성분들의 이상형에 대해 적혀있는 글을 본 적이 있는데, 선호하지 않는 사람의 유형에 이런 내용이 있었다. '종업원이나 사회적 약자에게 무례한 사람.' 나는 너무 공감이 되었다. 그리고 이렇게 생각하는 사람이 많다는 것이 한편으로는 다행이기도 했다. 누군가를 자신보다 약자라고 생각해서 함부로 대하거나 혹은 자신이 갑의 위치라고 착각하는 일부 사람이 있다. 이는 단순히 예의가 없는 것과는 많이 다르다. 강한 사람에게는 약하고, 약한 사람에게만 강한 모습을 보이는 전형적인 '강약약강'의 모습을 가진 사람이기 때문이다. '나에게 그러지 않으니 괜찮아.'라는 생각이 가장 위험하다. 만약 주변에 이런 사람이 있다면 객관적인 눈으로 판단하고 거리를 두는 편이 현명하다.

5. 미래보다 과거에 생각이 머물러 있는 사람.

학창 시절 친구 중에 이런 성향의 친구가 있었다. 나는 만나면 반가운 마음에 서로 사는 이야기를 하고 싶고, 현재 고민이나 준비하고 있는 게 있다면 가장 가까운 곳에 있는 친한 친구로서 돕고 싶은 마음이 큰데, 그런 이야기는 전혀 없고 과거 이야기만 늘어놓다 보니 만나는 것이 점점 힘들어졌다. 그리고 이 친구에게 시간을 내는 것이 큰 의미가 없다는 생각이 들 수밖에 없었다. 정말 아끼는 친구였기에 동기부여와 큰 생각을 할 수 있는 책을 선물하고 다시 대화를 해 봤지만 쉽지 않았다. 좋은 배움이 있다면 흡수하고 변하려는 나와 달리, 그는 소화가 잘되지 않는 듯해서 크게 아쉬웠다. 이런 사람들은 과거보다 더 나은 미래를 만들 자신이 없기 때문에 그곳에서 헤어 나오지 못한다. 조금 더 멀리 보고, 조금 어렵더라도 자신을 위한 새로운 시작을 하기에는 아직 준비가 되어있지 않아서 더욱 자기방어에 힘쓰기 때문이다. 그러니, 나의 새로운 긍정적 변화를 응원해 주고 같은 미래를 바라보는 사람들과 더 많은 시간을 보내자. 이들과 함께 긍정적 사고를 공유하고 살아간다면 훨씬 더 가치 있고 의미 있는 인생을 살게 될 것이다.

필요한 사람

내가 힘들 때
대단하고 멋진 조언을
해주는 사람보다 더 필요한 건

나와 같은 상황에서
힘든 적이 있던 사람

내가 지나온 시간을
똑같이 지나온 사람
그렇기에 "나도 그랬어."라며
내 마음을 알아줄 수 있는 사람

나와 같은 상황에서

힘든 적이 있던 사람

도대체

아프고 힘들 때
오히려 더 씩씩한 척하는 것은
내 마음이 버티기 힘들어한다.

아프고 무서울 때
기분대로 울어버리는 것은
주변 사람과 나를 무너지게 한다.

도대체 난 어떻게 해야 되는 걸까.

이제 나는

남을 신경 쓰지 않는 것은
정말 잘못된 것이다.

그런데 남 때문에
내 마음을 신경 쓰지 않는 것은
괜찮은 걸까?

그동안
남 생각하느라 배려하느라
내 마음이 너무 힘들었지.
이제는 반복 않으려고 한다.

남보다 나를 챙기려고 한다.
내 마음은 내가 챙기는 거니까.
내가 가장 잘 알아줘야 하니까.

이제는 누구보다

나를 더 챙겨주려 한다.

세상

네가 가장 중요해.
누구보다 소중해.

네 생각을 많이 해.
스스로 많이 챙겨줘.

이기적인 게 아니라
네가 없으면
세상도 없는 거야.

나에게 제일 잘 해줘.
너에게 가장 잘 해줘.

확실한 사람

모든 사람에게 사랑받고 싶었다.
최대한 많은 사람을 알고 싶었다.

다 나를 좋아했으면 했다.
적을 한 명도 만들기 싫었다.

이 모든 생각들이
욕심인 것을 알게 된 지금
아무런 조건 없이
내 옆에 있어주는 사람들의
마음이 보이기 시작했다.

셀 수 없는, 얄팍한 관계의 사람에게
받는 껍데기뿐인 마음보다

진짜 내 사람 한 명의 마음이

더 크다는 것을 조금 늦었지만

이제 확실히 알게 되었다.

내 마음은 내가 챙기는 거니까.

내가 가장 잘 알아줘야 하니까.

이제는 누구보다 나를 더 챙겨주려 한다.

걸음걸음

나보다 좋은 상황에 있는 사람을 보고
큰 자극을 얻기도 해.

하지만 이런 마음이 매일이 돼서는 안 돼.
이런 마음이 너의 기준이 돼서도 안 돼.

내가 어디까지 가고 싶은지
나는 매일 얼마나 가고 있는지
하루의 목표에 집중해야 해.

내 옆에 가는 사람 중에
말도 안 되게 빠른 속도로 가는 사람도 있고
지나치게 느린 속도로 가는 사람도 있을 거야.

그런 건 신경 쓰지 마.

너는 너만 생각하면 돼.

너의 실력과 체력을 고려한
속도로 조금씩 나아가면 돼.

늦는다고 틀린 건 아니야.
빠르다고 꼭 잘한 건 아니야.

너의 노력과 고민이 들어간
걸음걸음은 행복한 곳으로 널 데려다줄 거야.

마음 단단한 사람들의 3가지 습관

1. 내 삶을 바꿀 수 있다는 건 나뿐이라고 생각한다.

나는 8년 넘게 글을 쓰고 강연을 하며 삶의 많은 부분이 다듬어졌다고 생각한다. 가치관도 정립이 되고 관계에 대한 기준도 바뀌었다. 무엇보다 마음이 단단해졌다고 스스로 느낀다. 과거에 비해 내가 가장 많이 바뀐 것은 나의 삶에서 '남'의 비중이 작아졌다는 것이다. 생각의 기준이 잡히기 전이라 그랬는지, 학창 시절과 대학생 때까지는 만족의 기준이 남의 인정인 경우가 많았다. 나의 만족이 아니라 누군가에게 꼭 칭찬을 받아야 '이제 됐다.'라고 생각하고 행동했었다. 옷을 사도 내가 마음에 드는 옷을 사는 게 아니라, 남에게 옷이 예쁘다는 말을 들어야 옷을 잘 샀다고 생각이 들었을 정도로 내 삶에서 '남'의 비중이 너무 컸다.

하지만 책을 쓰는 일과 강연을 하는 건, 남의 평가가 없이 처음부터 끝까지 내가 해야 하는 일이다. 힘들고 막막할 때도 있지만 출퇴근 따로 없이 혼자 일을 하다 보니 남보다 '나'의 중요성을 자연스레 깨닫게 된 것 같다. 그때부터 고치게 된 것이 두 가지가 있다.

첫 번째는 남이 아니라 나에게 인정받아야 비로소 행복해진다는 것과, 두 번째는 탓을 하지 않는 것이다.

오늘 하루를 온전히 살았기에 찾아오는 행복감을 스스로가 충만하게 느끼니, 남에게 평가를 받았을 때보다 삶이 훨씬 더 행복해졌다. 그뿐만 아니라 나는 내가 가지고 있지 못한 매력이나 좋은 성격을 가지고 있는 사람들을 보면 관찰을 한다. 그리고 배움을 얻는 편인데, 내가 지금까지 본 자존감이 높고, 자신의 가치를 지키며 사는 사람들은 인생을 바꿀 수 있는 사람은 오로지 자신뿐이라고 생각하는 경우가 많았다. 이들은 본인이 처한 환경이나 어려움에 절대 남 탓이나 상황 탓을 하지 않는 사람들이었다. 무언가를 이뤄내도 스스로 해냈기에 높은 자존감을 유지할 수 있었고, 문제가 생겨도 앞뒤 상황을 탓하는 게 아니라 어떻게 하면 이겨낼 수 있을까만 생각하는 습관이 있었다. "나만이 할 수 있다."라는 자만심이 아니라 "내 삶은 내가 만들어간다."라는 자신감이었다.

정말로 그렇다. 주변에서 도움을 받고 조언을 얻을 수는 있지만 결국 해야 하는 건 나다. 내가 하지 않으면 아무것도 바뀌지 않고, 내가 하면 내 삶이 바뀌게 된다. 이것이 마음 단단한 사람이 가진 습관 중 가장 중요한 첫 번째다.

2. 나를 잘 모르는 사람들의 말을 흘린다.

자꾸 누군가의 지나가는 말 한마디에 아파하는 사람들을 보게 된다. 하지만 지나가는 말은 말 그대로 지나가는 말이다. 나를 잘 알면서 내 생각을 해주는 사람들은 말을 예쁘게 담아서 전달을 해준다. 지나가게끔 하지 않는다는 말이다.

그렇다면 지나가면서 하는 말은 나를 위한 말일까?

마음속에 품어야 할 가치가 있는 말일까?

기억하고 자주 떠올려야 할 만큼 좋은 말일까?

이러한 질문에는 고민할 가치도 없다. 한 번 더 생각해 볼 필요도 없는 질문이다. 상대방이 툭 던진 가벼운 말은 듣지도, 되새기지도 않아야 한다.

나도 주변에 이런 사람들이 많았다. 나의 직업을 비하하고, 내가 새로운 시작을 할 때 부정적인 말을 하며 심지어 아무것도 하지 않았는데도 안 좋은 이야기를 하는 사람들이 있었다. 그러니 이거 하나만 기억했으면 좋겠다. 완벽하게, 모두에게 똑같이 잘하려고 해도 분명 당신을 싫어하는 사람은 생긴다. 자신에게 부족해서 싫어할 수도 있고, 너무 잘하려는 모습이 마음에 들지 않아 싫어하기도 한다. 방법이 없다. 어떻게 해도 당신을 싫어하려는 결심을 한 사람의 마음을 되돌릴 수는 없으니까 말이다.

그럴 때마다 다짐해야 한다. 내 주변에 머무를 사람이 아니라면, 하고 싶은 말을 뱉고 떠나는 사람이라면 그 말에 힘이 생기게 하지 말아야 한다고. 가만히 두면 스쳐갈 것이고, 스쳐 가면 아무런 힘도 없이 사라져버리는 말이다. 그러나 우리가 반응하면 그때부터 우리를 갉아먹는 활동성이 생긴다. 당신을 잘 모를수록 쓸데없는 말을 뱉기가 쉬울 것이다. 보고 느낀 게 아니라 그저 생각나는 대로 말하는 것이기에. 그런 뱉어진 말 따위에 올바른 길로 잘 가고 있는 당신이 멈출 필요는 없다. 그런 한심한 언행을 하는 사람들과 깊은 관계를 하지 않아 다행이라고 생각할 수 있는 계기가 되면 좋겠다.

3. 자신의 행복을 정확하게 알고 있다.

마음이 건강한 사람들은 본인의 행복을 정확히 알고 있다.

이때 행복은 꼭 금전적인 행복을 의미하지만은 않는다. 꾸준히 운동을 한다든가, 읽고 싶은 책을 통해 생각의 크기를 넓혀 나간다든가 하는 행위들이다. 요즘 나의 행복은 건강관리를 하는 것이다. 딱 30분 정도만 운동을 하고 30분 정도 책을 읽는다. 매일매일 눈에 띄게 나아지는 것은 없어도 스스로 느끼기에 시간을 가치 있게 쓴다는 생각이 들어서 행복하다.

이보다 조금 더 큰 행복은 단연 여행을 하는 것이다. 직업 특성상 자는 시간을 제외하고는 계속해서 글 생각을 한다. 좀 더 정확히 말하면 샤워할 때나 설거지할 때, 심지어 잠들기 전에도 어떤 생각이 떠오르면 하던 일을 멈추고 메모를 해야 하니 끊임없이 일을 하는 것이다.

그런데 여행에 가면 글과 관련된 생각을 완전히 쉴 수 있다. 매일 새로운 곳에서 새로운 느낌을 받게 되고 밤에도 다음 날 일정을 짤 생각에 글 생각이 떠오르지 않는다. 그렇게 여행을 잘 마치고 나면 많은 주제들이 적립돼 있고, 다시 일상으로 돌아와서 글을 쓰는 작업을 잘 할 수 있다. 여행은 나에게, 마음에도 일에도 큰 도움이 되며 확실한 행복을 만나는 일이다.

하지만 대부분이 행복이라고 생각하는 것을, 행복이라 느끼지 못하는 사람들도 있다. 이 사람들은 행복을 느끼기 정말 어려운 사람들이다. 그렇게 느끼는 이유는 인식의 차이인데, 행복하다고 느끼면 안 된다고 생각하거나, 행복이 대단한 것이라고만 생각하는 경우이다. 첫 번째는 머리로는 알지만 마음이 편하지 않은 경우다. '행복할 자격이 있는가?'라는 질문에 일부 사람들은 '자신은 아니다.'라고 말하기도 한다. 결국 상황 때문이다. 행복하기 위해 산다는 것은 잘 알지만 할 일이 있어서, 아니면 아직 해낸 게 없어서라는 이유로 지금의 행복을 찾기가 벅차다고 한다. 이런 이야기는 행복이 대단한 것이라고만 생각하는 두 번째 경우로 이어진다. 명심하자. 아무리 중요한 일이 앞에 있다고 해도 채찍질만 하며 나아갈 수는 없다. 중간에 쉬기도 하고 잘 먹어야 목적지에 도달할 수 있다. 경주마도 그렇고 자동차도 그렇다. 당연히 우리도 마찬가지다. 오랜 기간 준비한 큰일이 있다면 물리적으로 긴 시간을 써야하는 여행이나 누군가는 만나는 일은 미뤄도 괜찮다. 하지만 열심히 달려온 하루의 끝에 잠시 숨 고르기는 필요하다. 단 몇 분이라도 산책을 하고 단 몇 페이지라도 책을 읽으며 인생의 작은 쉼표를 찍어준다면 더 마음에 드는 결과를 만나서 더 큰 행복에 맞닿게 될 것이다.

너의 노력과 고민이 들어간

걸음걸음은 행복한 곳으로 널 데려다줄 거야.

당신은 반드시 잘될 겁니다

ⓒ 최대호 2022

초판 1쇄 인쇄 2022년 10월 11일
초판 1쇄 발행 2022년 10월 20일

지은이	최대호
편집인	권민창
디자인	한희정
책임마케팅	김성용, 김태환, 윤호현, 서준혁
마케팅	유인철, 이주하
제작	제이오
출판총괄	이기웅
경영지원	김희애, 박혜정, 박하은, 최성민

펴낸곳	㈜바이포엠 스튜디오
펴낸이	유귀선
출판등록	제2020-000145호(2020년 6월 10일)
주소	서울시 강남구 테헤란로 332, 에이치제이타워 20층
이메일	mindset@by4m.co.kr

ISBN   979-11-92579-19-1 (03810)

마인드셋은 ㈜바이포엠 스튜디오의 출판브랜드입니다.